Sehnsucht. Liebe. Gewissheit.
Du bist meine Ewigkeit.

- Jeanett Langhof

Eni Lu

Deine Briefe

Du erinnerst mich an *Liebe*

© 2017 Eni Lu

Lektorat/Korrektorat: Lenchen/Katharina
Foto: Jasmin Eul Fotografie
Model: Louis Hintermayr
Cover: Photoshop CC

ISBN: 978-3-743176-28-7

Herstellung und Verlag:
BoD – Books on Demand, Norderstedt

Das Werk, einschließlich seiner Teile, ist urheberrechtlich geschützt. Jede Verwertung ist ohne Zustimmung des Verlages und des Autors unzulässig. Dies gilt insbesondere für die elektronische oder sonstige Vervielfältigung, Übersetzung, Verbreitung und öffentliche Zugänglichmachung.

Bibliografische Information der Deutschen Nationalbibliothek:
Die Deutsche Nationalbibliothek verzeichnet diese Publikation in der Deutschen Nationalbibliografie; detaillierte bibliografische Daten sind im Internet über http://dnb.dnb.de abrufbar.

Inhaltsverzeichnis

Prolog	7
Kapitel Eins	14
Kapitel Zwei	20
Kapitel Drei	38
Kapitel Vier	43
Kapitel Fünf	54
Kapitel Sechs	63
Kapitel Sieben	72
Kapitel Acht	79
Kapitel Neun	88
Kapitel Zehn	95
Kapitel Elf	103
Kapitel Dreizehn	119
Kapitel Vierzehn	125
Kapitel Fünfzehn	132
Kapitel Sechszehn	143
Kapitel Siebzehn	154
Kapitel Achtzehn	162
Kapitel Neunzehn	174
Kapitel Zwanzig	179
Kapitel Einundzwanzig	192

Epilog	200
Danksagung	204
Über die Autorin	205
Bisher erschienen	206
XXL Leseprobe	208
Wer braucht schon einen Rockstar?	208
Die Liebe ist ein seltsames Spiel…	215
Ja? Nein? Vielleicht?	223

Prolog

Endlich war es wieder so weit. Ich stand an meinem Briefkasten und bekam das Lächeln nicht aus dem Gesicht, denn mein kurzer Moment in ein anderes Leben wartete auf mich. Ein Moment, der mir seit so vielen Jahren *alles* bedeutete. Seit nun fast 8 Jahren gab es jemanden, der mir mein ödes Leben verschönerte, dem ich alles anvertrauen konnte und der mir jedes Mal aufs Neue ein Lächeln ins Gesicht zauberte. Es gab niemanden, der so viel über mich wusste, wie er. Und das komplett ungesehen, denn wir waren uns noch nie begegnet …

8 Jahre zuvor …

»Seit es das Internet und andere Kommunikationswege gibt, ist das Briefeschreiben aus der Mode gekommen. Dabei ist es noch immer der schönste Weg, mit anderen Menschen in Kontakt zu bleiben. Schon in der Bibel …«, da war sie auch schon dahin, meine Aufmerksamkeit. Unser Deutschlehrer, Herr Köhnen, hätte den Vortrag nicht langweiliger gestalten können. Doch was erwartet man auf einer katholischen Mädchenschule, die prüder und regelreicher nicht sein könnte?

»… deshalb haben wir uns den umliegenden Schulen angeschlossen und nehmen zum ersten Mal an dem Projekt *Brieffreundschaften* teil. Dazu werden uns Patenklassen aus ganz Deutschland gestellt, die ebenso daran teilnehmen. Es wurde ausgelost und ihr dürft mit eurem Brief beginnen!«, ich wurde wieder hellhörig, denn das Schreiben gehörte zu meinen Lieblingsbeschäftigungen.

»Die Brieffreundschaften werden euch das ganze letzte Jahr auf der Schule begleiten und ihr könnt nicht selbst wählen, mit wem ihr in Kontakt tretet. Die Briefe werden per Zufallsprinzip auf der anderen Schule vergeben. Hier ist euer erster Papierbogen, auf dem ihr alles schreiben dürft, außer eure Adresse oder Telefonnummer. Die Briefe werden von uns abgeschickt und nach zwei Wochen erhaltet ihr eine Rückantwort. So wird es von nun an ablaufen!«, er lief durch die Klasse und verteilte die Bögen, auf denen schon vorgegeben war, wie ein Brief aufgebaut sein sollte, was man schreiben durfte und was nicht.

»Werden die Briefe denn nur an weiteren Mädchenschulen verteilt oder könnte es auch sein, dass man einen Brief*freund* bekommt?« Lea, die direkt neben mir saß, konnte sich ein schüchternes Kichern kaum verkneifen.

»Soweit ich weiß, nehmen auch gemischte Schulen an diesem Projekt teil. Da ausgelost wird, haben wir darauf keinen Einfluss, also ist es möglich!«, viele der Mädchen kicherten jetzt noch lauter und fingen an zu tuscheln. Mir war es vollkommen egal, ob Brief*freund* oder Brief*freundin*, denn ich hatte bisher nur wenig Erfahrung, was Freunde im Allgemeinen betrifft. Schon immer war ich eine Außenseiterin, wie sie im Buche steht. Langweilig, unscheinbar und mit den wahrscheinlich schlimmsten Eltern gesegnet, die man sich nur vorstellen konnte. Auch wenn die anderen Mädchen ebenfalls in sehr christlichen Familien aufwuchsen, waren meine Eltern nicht zu toppen und oft ein Grund, warum ich nie den Kontakt zu anderen fand. Denn wir hatten keinen Computer, kein Handy, selbst einen Fernseher konnte man bei uns nicht finden. Wir hatten nur ein altes Telefon, Bücher und Gott.

»Salome? Beginnst du bitte auch zu schreiben?«, Herr Köhnen stand direkt vor mir und sah mich mit fragendem Blick an. Als ich mich umschaute, schrieben die Anderen schon fleißig. Ich nickte ihm freundlich zu und begann meinen ersten Brief.

Hallo Unbekannte! Oder Unbekannter?
Mein Name ist Salome, ich bin 16 Jahre alt und komme aus einem Dorf, dessen Namen ich dir nicht nennen darf. Ich kann dir nur sagen, dass es mit Abstand der langweiligste Fleck Erde ist, auf dem man leben kann! Es gibt mehr Kühe als Menschen und mehr Wiesen als Straßen. Alleine der Weg zur Schule kostet mich jeden Morgen 40 Minuten, obwohl der Bus an kaum einer anderen Haltestelle halten muss. Meine Hobbys sind lesen, schreiben und spazieren gehen. Leider immer nur alleine, da ich keinen Hund haben darf, aber manchmal nehme ich den Nachbarshund mit. Ich freue mich schon, etwas von dir zu hören.
Unbekannte Grüße,
Salome

Ich faltete den Brief wie vorgegeben, warf ihn beim Verlassen des Klassenzimmers in die Box, die einen Briefkasten darstellen sollte und ging mit einem Lächeln in die Pause. Das geschah relativ selten, da mir meine

Mitschüler das Leben nicht leicht machten. Doch vielleicht musste ich das letzte Schuljahr nicht alleine durchstehen ...

2 Wochen später ...

Herr Köhnen betrat den Raum und hatte eine große Kiste dabei. Alle warteten sehnsüchtig auf die Briefe, die wir in dieser Woche bekommen sollten.
»So meine lieben Schülerinnen, ihr habt Post! Ich kann die freudige Nachricht verkünden, dass alle eure Briefe beantwortet wurden. Viel Spaß beim Lesen, die Rückantwort könnt ihr am Ende der Stunde in den Briefkasten werfen!«, er nahm einen großen Stapel Briefe aus der Kiste und begann sie zu verteilen. Als ich meine Antwort in der Hand hielt, faltete ich sie vorsichtig auf und konnte sofort an der Schrift erkennen, um welches Geschlecht es sich bei meiner Brieffreundschaft handelt.

Hallo Salome!
So einen Namen habe ich noch nie zuvor gehört, wie spricht man ihn aus? Ich heiße Julin und bin 17 Jahre alt. Ich komme aus einer großen Stadt, die ich dir allerdings auch nicht nennen darf. Ich wohne mit meiner Mutter und meinem Stiefvater in einem Mehrfamilienhaus, in dem ich noch nicht einmal meine Nachbarn kenne. In meiner Freizeit gehe ich viel raus, gucke mir Filme an oder höre Musik. Ich hätte auch gerne einen Hund, aber hier in der Stadt ist das unmöglich. Über eine Antwort würde ich mich freuen!
Nicht mehr ganz so unbekannte Grüße,

Julin

Ich las mir den Brief noch mehrere Male durch und musste jedes Mal aufs Neue lächeln. Er schrieb locker und frei, was mir sehr gut gefiel.

»Na super, ich habe eine Brieffreundin! Zeig mal, wen du hast!«, Lea nahm mir den Brief blitzschnell aus der Hand, sodass ich keine Chance mehr hatte, ihn zu greifen.

»Leute, hört mal, *Salami* hat einen Kerl!«, da war er wieder, mein Spitzname, den ich über alles hasste. Mein Blick senkte sich, als Herr Köhnen schon auf Lea zukam und ihr den Brief abnahm. Er legte ihn vor mich und ermahnte sie, doch die ganze Klasse lachte weiter. Was war so lustig daran? Immerhin war ich nicht die Einzige, die einen Brieffreund erwischt hatte!

»Herr Köhnen, ich würde gerne mit Salam … ehm … Salome tauschen. Ich denke, dass meine Brieffreundin besser zu ihr passt. Sie hört sich genauso langweilig an wie sie!«, wieder fing die ganze Klasse an zu lachen, doch Herr Köhnen unterband es, indem er einen scharfen Ton anschlug.

»Schluss jetzt! Es wird nicht getauscht! Hört auf zu lachen und kümmert euch um eure eigenen Briefe!«

Schnell wurde es ruhiger in der Klasse und ich begann mit meiner Antwort.

Hallo Julin,
dein Name gefällt mir, obwohl ich ihn auch noch nie gehört habe. Mein Name wird so ausgesprochen, wie man ihn schreibt, mit einer Betonung auf dem ‚e'. Es ist ein biblischer Name, mit

dem meine Eltern mich schon kurz nach meiner Geburt bestrafen wollten. Manchmal wäre ich froh meine Nachbarn nicht zu kennen, denn hier auf dem Land weiß jeder etwas über den anderen, ob es wahr ist oder nicht. Wie ist das Leben in der Stadt sonst so? Ist es wirklich so laut, wie immer alle sagen? Leider war ich noch nie außerhalb dieses Dorfes unterwegs und kenne nichts Anderes, aber vielleicht kannst du mir ja etwas von deiner Welt ‚zeigen'!
Glückliche Grüße,
Salome

Und das hoffte ich inständig, denn ich hätte alles dafür gegeben, um diesem Ort für nur wenige Minuten zu entkommen.

Weitere 2 Wochen später ...

»Na, *Salami*! Wartest du schon sehnsüchtig auf einen Brief deines Lovers?«, Lea und ihre Freundinnen standen an unserem Tisch und schüchterten mich mit ihrer bloßen Anwesenheit ein.

»Sei froh, dass es nur eine Brieffreundschaft ist, denn wenn er dich sehen würde, wäre es mit den Briefen schnell vorbei!«, ihr ganze Clique lachte und stimmte ihr zu. Tränen sammelten sich in meinen Augen, doch ich konnte sie wegblinzeln. Zum Glück betrat Herr Köhnen den Raum und die kleine Gruppe löste sich auf. Er stellte die Kiste auf den Tisch und verteilte die Briefe, die einige von uns erwartungsvoll und aufgeregt, andere gelangweilt und uninteressiert aufrissen.

Hey Salo,
ich darf dich doch so nennen, oder?
Mir gefällt dein Name übrigens auch sehr gut, vor allem, seit ich weiß, wie man ihn ausspricht! Das Problem mit den Eltern kenne ich gut. Sie haben mir zwar nicht mit meinem Namen das Leben schwer gemacht, schaffen es aber auf andere Art und Weise sehr gut. Ich kann es kaum erwarten, endlich 18 zu werden und von hier weg zu kommen. Ich werde zwar in der Stadt bleiben müssen, da ich hier eine Ausbildung beginne, doch bei meiner Mutter und ihrem Macker hält mich nichts mehr!
Die Stadt ist wirklich sehr laut, außerdem stinkt es hier an jeder Ecke. Ich war noch nie auf dem Land und habe, um ehrlich zu sein, noch nie eine echte Kuh gesehen. Nur die in der Schokoladenwerbung, aber ich glaube kaum, dass Kühe wirklich Lila sind, oder etwa doch? ;-) Ich zeige dir gerne etwas von meiner Welt, wenn du mir im Gegenzug etwas von deiner zeigst, Deal?
Großstadtgrüße,
Julin
P. S. Die Briefbögen sind viel zu klein!

Noch nie hatte mir jemand einen Spitznamen gegeben, ohne mich damit ärgern zu wollen. Ich konnte es kaum abwarten meinen Stift in die Hand zu nehmen, um ihm zu schreiben und ich wusste schon zu diesem Zeitpunkt, dass ein Jahr nicht genügen würde …

Kapitel Eins

Salome

Mit einem Glas Wein in der einen und einer Tafel Schokolade in der anderen Hand setzte ich mich auf meine gemütliche Couch und öffnete den Brief. Wie jedes Mal berührte ich ihn so vorsichtig und zaghaft, als wäre er ein vertrocknetes Ahornblatt, das bei einer zu groben Berührung auseinanderfällt.

Meine liebste Salo,
dein letzter Brief hat mir mal wieder gezeigt, dass du die Einzige bist, die mich wirklich kennt. Taylor, der mir jeden Tag in die Augen sehen kann, merkt nicht, dass mit mir etwas nicht stimmt. Und du? Du hörst etwas raus, obwohl du mich nicht hörst. Du siehst, wie es mir geht, obwohl du mich nicht siehst. Du spürst etwas, obwohl du mich noch nie gespürt hast. Mir geht es seit dem letzten Brief wirklich schlechter, denn meine Mutter macht mir große Sorgen. Es wird immer schlimmer mit ihm, Salo, und ich bekomme sie einfach nicht von ihm weg. Ich habe Angst, dass ich irgendwann die Nerven verliere, wie so oft, wie früher …
Meine Besuche bei ihr werden immer kürzer und ich komme einfach nicht zu ihr durch; kam ich noch nie. Aber genug von mir! Geht es dir mittlerweile wieder besser? Ich habe mir so Sorgen um dich gemacht, dass ich fast deine Nummer gewählt hätte. Okay, um ehrlich zu sein, hätte ich mich fast in mein Auto gesetzt und wäre einfach zu dir gefahren. Aber ich werde mich an unser Versprechen halten, so schwer es mir auch fällt …

*Liebste Grüße,
dein Julin.
P.S. Du hast lange nichts mehr von Maria und Josef hören
lassen. Hast du sie inzwischen ans Kreuz genagelt?*

Ich lachte laut auf und trank einen Schluck Wein. Mit Maria und Josef meinte er meine Eltern, die leider wirklich so hießen. Okay, mein Vater hieß eigentlich Karl-Josef, aber er wurde meist nur Josef genannt. Auch nach so vielen Jahren brachten sie mich noch immer auf die Palme, denn an ihrer Liebe zu Gott und der Kirche hatte sich nichts geändert. Ich dagegen stellte in meiner Jugend immer mehr infrage und glaubte irgendwann nur noch an einen Gott, den ich mir selbst erschaffen hatte. Einen Gott, für den ich nicht in die Kirche gehen musste, um ihm nah zu sein. Denn dieser Gott war stets bei mir. Der Gott der ungläubigen und genervten Töchter!

Ich las Julins Brief ein weiteres Mal und aß dabei ein Stück meiner Lieblingsschokolade. *Vollmilch mit Haselnüssen.* Dass sich Julin Sorgen machte, setzte auch mir zu. Er hatte es nie leicht in seinem Leben und litt unter Wutanfällen, die in seiner Jugend oft ausgeartet waren. Auch wenn er sich mittlerweile besser unter Kontrolle hatte, wusste ich, dass grade in Bezug auf seinen Stiefvater der kleinste Tropfen das Fass zum Überlaufen bringen konnte. So oft hatte ich das Bedürfnis, ihm nicht nur mit meinen geschriebenen Worten, sondern auch mit *richtigen* Worten Mut zuzusprechen, doch wir hatten seit mehreren Jahren eine Vereinbarung. Egal wie sehr wir es wollen; unser Kontakt wird sich nur auf die Briefe beschränken.

    Das letzte Schuljahr ging viel zu schnell vorbei und unsere Bekanntschaft hatte sich zu einer Freundschaft entwickelt. Mein bester Freund, der mich so lange Zeit durch mein Leben begleitete. Ich wollte ihn nicht verlieren und ihm ging es ebenso. Wir tauschten in unseren letzten Briefen unsere Adressen und schrieben ab sofort privat weiter. Als wir endlich volljährig waren, hatten wir oft vor uns zu treffen, doch es hatte nie funktioniert. Uns fehlten Geld und Zeit, zudem hatten meine Eltern immer etwas dagegen. Ihr kleines Mädchen in der großen Stadt? Alleine in Berlin? 600 Kilometer weit von zu Hause entfernt? Bei einem Fremden? Niemals! Als wir dann mit unseren Ausbildungen fertig waren und wir mehr Zeit und Geld hatten, bekam ich kalte Füße. Was, wenn Lea damals recht hatte? Wenn er mich sieht und den Kontakt abbrechen will? Er war mein einziger Freund und bedeutete mir so viel, ich durfte das alles nicht aufs Spiel setzen. Also bat ich ihn um die Vereinbarung, um das Versprechen, dass mir die Freundschaft zu ihm sichern sollte. Er nahm es an, obwohl er ziemlich betrübt war, mich nie sehen zu können.

    Ich war nicht hässlich, aber fand mich auch nicht wunderschön. Wenn ich in den Spiegel schaute, sah ich eine durchschnittliche junge Frau. Ich hatte eine normale Figur, war nicht sehr groß, meine braunen langen Haare fielen unspektakulär über meine Schultern und meine Nase war klein und spitz. Das Einzige, das ich an mir besonders fand, waren meine Augen. Sie waren nicht nur hellgrün, sondern giftgrün.

Alles in allem konnte ich mich nicht beschweren, doch ein Männermagnet war ich noch nie. Ich hatte erst zwei Freunde in meinem Leben, die aber alle nicht nennenswert waren. Idioten, die sich im Nachhinein doch von Lea und ihrer Clique um den Finger wickeln ließen und mich verlassen haben. Nach der Schulzeit ging es dann männertechnisch noch mehr bergab, denn die Auswahl in unserem Dorf war einfach miserabel und die Männer aus dem Rechtsanwaltsbüro, in dem ich arbeitete, waren für mich tabu.

Außerdem gab es da noch Julin. Ich glaube nicht, dass mich je ein Mann so verstehen könnte, wie er. Er weiß einfach alles von mir, kennt jede Macke, jede Kleinigkeit, die mich ausmacht. Nur nicht mein Aussehen oder meine Stimme. Und das sollte sich nicht ändern …

***

Nachdem ich am nächsten Tag meinen Brief zur Post gebracht hatte, besuchte ich meine Eltern, die noch immer in meinem Elternhaus direkt neben der Kirche wohnten. Ich war schon zwei Jahre zuvor ausgezogen, wenn auch nur ein paar Straßen weiter, in ein altes, gemütliches Haus. Es war ziemlich weit außerhalb, was ich willkommen hieß, denn ich war schon immer eine Einzelgängerin. Ich liebte meine Eltern, doch ich konnte ihren Lebensstil nicht länger unterstützen. Ich wollte mit der Zeit gehen und das war mir bei ihnen nicht möglich. Sie flippten schon aus, als ich eines Tages mit einem Smartphone nach Hause kam, denn das benötigte ich für die Arbeit. Die Arbeit, die auch ein ständiges Streitthema gewesen war. Denn in den Augen meiner Eltern durfte niemand über andere richten, außer Gott.

Ich lief durch unseren Ort und grüßte alle Bewohner, die mir entgegenkamen oder an diesem schönen Tag im Garten saßen. Jeden von ihnen kannte ich, da es nur knapp 30 Haushalte gab und grade die älteren Herrschaften freuten sich jedes Mal, wen ich ihnen begegnete. Meine Eltern waren in der christlichen Gemeinde sehr hoch angesehen und das Benehmen, welches sie mir von klein auf beibrachten, erfreute andere Menschen sehr. Zudem war ich sehr hilfsbereit und erledigte die ein oder anderen Einkäufe für die Bewohner, die nicht mehr so gut zu Fuß waren oder keine Möglichkeit hatten, in den Supermarkt im Nachbardorf zu fahren.

»Salome! Wie schön, dass du uns besuchen kommst!«

»Hey, Mama. Geht's euch gut?«

»Uns geht es wie immer großartig! Hast du schon die Blumen gesehen, die ich heute Morgen an die Kirchenmauer gepflanzt habe?«

»Ja, bin grade dran vorbeigelaufen!«

»Und?«

»Und was?«

»Wie findest du sie?«

»Schön … bunt?«

»Ja das finde ich auch! Die Frauen werden entzückt sein, wenn sie diese bei der Sonntagsmesse sehen werden!«, meine Mutter war schon immer darauf bedacht, was andere Menschen von ihr und ihrer Familie hielten. Grade deshalb war es immer sehr von Vorteil, dass ich meine Kindheit und Jugend im Stillen und alleine verbrachte. Sie hätte es nie geduldet, wenn ich wie die anderen Mädchen um die Häuser gezogen wäre.

»Ja ... sie werden ausflippen!«

»Hach, das werden sie!«, übrigens verstand meine Mutter auch keinen Sarkasmus. Wir plauderten noch ein wenig, wobei es mehr um sie und die Kirche ging, als um mich oder irgendetwas, das mich interessiert. Mir machte es nichts mehr aus, denn ich war es nicht anders gewohnt. Nachdem ich mich verabschiedet hatte, ging ich zurück in mein Reich und las mir ein weiteres Mal Julins Brief durch, bevor ich ihn in die mittlerweile ziemlich große Kiste legte, in der ich alle Briefe aufbewahrte.

Gerne las ich sie mir durch, wenn es mir schlecht ging oder ich mich alleine fühlte. Die Einsamkeit machte mir in den meisten Fällen nichts aus, doch an manchen Tagen wünschte ich mir jemanden, der abends mit mir zusammen auf dem Sofa sitzt, einen Wein trinkt und sich mit mir über das letzte Stück meiner Lieblingsschokolade streitet. Vielleicht sollte es irgendwann diesen *Einen* geben, vielleicht war ich irgendwann nicht mehr alleine.

Kapitel Zwei

Salome

2 *Monate später …*

»Du handelst vorschnell und unbedacht! Vielleicht möchte er einfach keinen Kontakt mehr zu dir haben!«

»Das glaube ich nicht! Wir stehen uns so nah, das könnt ihr doch gar nicht beurteilen!«, ich rechtfertigte mich vor meinen Eltern, als wäre ich noch immer 16 Jahre alt.

»Wie könnt ihr euch denn nahestehen? Ihr kennt euch überhaupt nicht!«

»Wir kennen uns seit 8 Jahren!«

»Trotzdem werden wir es nicht zulassen! Du fährst nicht nach Berlin. Punkt.«

Trotzig stand ich auf und setzte mich auf die Holzbank, die auf der Veranda meiner Eltern stand. Seit fast zwei Monaten hatte ich nichts mehr von Julin gehört und ich machte mir große Sorgen um ihn. Schon vor zwei Wochen brach ich die Regel unseres Versprechens und rief ihn an, doch es antwortete nur die Mailbox mit einer automatischen Sprachansage. Ich versuchte es noch mehrere Male, doch jedes Mal hörte ich nur die gleiche Leier.

Ihr gewünschter Gesprächspartner ist zurzeit nicht erreichbar.

»Salome! Wir waren noch nicht fertig mit unserem Gespräch!«, Maria und Josef, die wahrlich heiligste

Familie dieser Welt, kam auf die Veranda und setzten sich zu mir.

»Wir waren schon damals dagegen, dass du mit einem Jungen schreibst und jetzt möchtest du dich auch noch mit ihm treffen? Das werden wir nicht zulassen!«

»Ich mache mir große Sorgen um ihn, versteht ihr das nicht?«, schon vor drei Tagen hatte ich den Urlaub für eine Woche eingereicht, den ich sofort genehmigt bekam. Ich hatte mir, mit Ausnahme von ein paar Tagen, an denen ich im Garten arbeiten wollte, noch nie für eine längere Zeit freigenommen. Nun wollte ich morgen losfahren und hatte den großen Fehler begangen, meinen Eltern zu sagen, wo es hingehen soll.

»Außerdem könnt ihr mir nichts verbieten, ich bin 24 Jahre alt und kann machen, was ich möchte!«

»Salome! Du bist noch immer unsere Tochter, und wenn wir *Nein* sagen, dann hast du es auch gefälligst zu unterlassen!«, entsetzt sah ich sie an und sofort auf.

»Na schön! Sind wir hier dann jetzt fertig?«

»Du fährst also nicht?«

»Nein!«

»Dann sind wir fertig!«

Ich ging schnellen Schrittes und wütend von der Veranda, setzte mich in mein Auto und fuhr nach Hause. Wenn sie wirklich dachten, dass sie mich einfach so aufhalten könnten, hatten sie sich geschnitten. Meine Koffer waren schon fertig gepackt und mein Entschluss stand felsenfest.

Keine 45 Minuten später machte ich mich auf den Weg nach Berlin. Zwar würde ich über Nacht fahren, doch mit viel Kaffee und ein paar guten CDs sollte es kein Problem sein. Keine Sekunde mehr wollte ich vergeuden, denn mein Gefühl, das etwas ganz und gar nicht stimmte, wurde nicht geringer.

Die Stunden vergingen und ich hielt mich mit schiefen Gesängen, Energiedrinks und kurzen Zwischenstopps wach, bis ich endlich das große Ziel erreichte.

Berlin.

Groß, laut, beängstigend.

Das Navigationsgerät führte mich mitten durch die Stadt, die, anders als in meinen Vorstellungen, nachts ziemlich ruhig war. Es herrschte kaum Verkehr und ich konnte mit meinen ländlichen Fahrkünsten ohne viel Stress an mein Ziel gelangen. Ich parkte auf dem hoteleigenen Parkplatz und machte mich ohne Gepäck auf den Weg zum Eingang, denn ich wusste nicht, ob ich so früh am Morgen schon einchecken konnte. Ich klingelte und musste einige Minuten warten, bis sich jemand durch die Freisprechanlage meldete.

»Hotel Gauler. Was kann ich für Sie tun?«

»Ja … ehm … Salome Rosenberg mein Name, ich habe bei Ihnen ein Zimmer gebucht und wollte fragen, ob ich jetzt schon einchecken könnte. Leider bin ich etwas zu früh dran!«, es raschelte und es hörte sich an, als würde die Empfangsdame in etwas blättern.

»Ah, ja, Frau Rosenberg! Ihr Zimmer ist zum Glück schon bereit, Sie können also gerne einchecken!«

»Das ist toll, Dankeschön! Ich hole mein Gepäck und bin sofort wieder da!«

Ich lief zurück zum Auto und nahm meinen Koffer sowie mein Handgepäck aus dem Kofferraum. Als ich wieder zurückkam, stand die Dame, die ich auf Mitte 40 schätzen würde, schon in der Tür.

»Kommen Sie rein, in der Nacht ist es noch sehr frisch draußen.«

»Vielen Dank!«, wir gingen zur Rezeption, an der ich einchecken konnte und die Dame überreichte mir den Zimmerschlüssel.

»Zimmer 316. Dritter Stock auf der rechten Seite. Mit Balkon und Badewanne. Ich wünsche Ihnen einen angenehmen Aufenthalt!«, ich bedankte mich ein weiteres Mal bei ihr und ging auf direktem Wege zum Aufzug, der mich in mein Stockwerk bringen sollte.

Oben angekommen stand ich in einem riesigen Flur, der schön anzusehen war. Die Böden und Decken glänzten in Fliesen, die Wände waren in einem mintgrünen Ton gestrichen. Ich ging an mehreren Zimmertüren vorbei, bis ich die meine entdeckte.

Ich öffnete die Tür, schaltete das Licht ein und stellte mein Gepäck in den Flur. Auch das Zimmer war in einem mintgrün gehalten, das Bett war riesig und sah bequem aus, das Badezimmer war ein Traum. Die Badewanne war nicht nur groß, sondern auch mit kleinen Düsen ausgestattet, die das Ganze in eine Art Whirlpool verwandeln konnten. Warum habe ich nie zuvor Urlaub gemacht?

Sofort zog ich mich um und legte mich in das Bett, denn ich musste mich von der Fahrt erholen. Ich kuschelte mich in die weiche Decke und nahm mein Handy in die Hand, welches ich zuvor auf den Nachttisch gelegt hatte. Wieder wählte ich Julins Nummer, doch er war nicht erreichbar. Die Angst, dass ihm etwas passiert sein könnte, war allgegenwertig. Schnell schloss ich die Augen und dachte an etwas Anderes. Etwas Schönes. Vielleicht würde ich ihn Morgen sehen, vielleicht wird sich alles aufklären und es handelt sich nur um ein dummes Missverständnis. Vielleicht hätten wir eine Chance. Vielleicht.

***

Ich streckte mich und gähnte laut auf. Selten hatte ich so fest geschlafen wie in dieser Nacht und ich fühlte mich wie ein neuer Mensch. Ich stand auf und öffnete die Balkontür, hörte sofort den Lärm der Stadt. Julin schrieb immer, dass man den Lärm irgendwann nicht mehr hören würde, aber ich wusste ganz genau, dass ich mich niemals daran gewöhnen könnte. Auch der Gestank war bestialisch. Abgase, Müll und Undefinierbares, gemixt mit zu viel Sonne und Hitze. Moment mal!
Hitze?
Sonne?
Wie spät war es?
Ich schaute auf den Wecker, der direkt neben meinem Bett zu finden war, und stellte fest, dass es schon nach Mittag war. Ich ging ins Bad und nahm nur eine schnelle Dusche, denn ich hatte viel vor. Die Badewanne musste also noch ein paar Stunden auf ihre Benutzung warten. Bereit für meine Mission machte ich mich auf den Weg und nahm mir einen Apfel von dem bereitgestellten Obstteller mit. Der sollte bis zum Abend reichen, denn

in der gebuchten Halbpension war nur das Frühstück und das Abendessen inklusive.

Als ich in meinem Auto saß, stellte ich sofort mein Navigationsgerät ein. Julins Adresse kannte ich nach all den Jahren auswendig, sodass ich nicht nachschauen musste. Mein Ziel lag nur wenige Kilometer von mir entfernt und ich fuhr sofort los.

Dieses Mal stresste mich der Stadtverkehr vollkommen. Wie konnte man nur hier wohnen? So viele Menschen, so viele Autos, so viele Fahrräder. Alle lärmten rum, keiner achtete auf den Anderen und jeder war nur auf sein Wohl bedacht. Als ich nach sehr langer Zeit endlich einen Parkplatz gefunden hatte, ging ich zu Julins Adresse. Ein heruntergekommenes Mehrfamilienhaus lag in meinem Blickfeld und es sah genau aus, wie Julin es oft beschrieb. Ich wusste, dass er hier mit seinem besten Freund Taylor zusammenwohnte, denn seine Mutter hatte ihn rausgeschmissen, als er 18 wurde. Da er eh gehen wollte, war es für ihn ein leichtes dieses Leben hinter sich zu lassen. Das Leben mit einem gewalttätigen Stiefvater.

Ich schaute auf das große, vollgepackte Klingelfeld und suchte seinen Namen.

Julin Beck / Taylor Schmidt

Eine Gänsehaut bildete sich auf meinem Körper. Sein Name stand wirklich auf dem Schild neben der Klingel. Auf einmal war er real.

Ich klingelte mit zitternden Händen und wartete nur wenige Momente, bis ich den Summer hörte und die Tür öffnen konnte. Aus seinen Briefen wusste ich, dass er im vierten Stockwerk wohnte, denn er klagte oft darüber, wie anstrengend es war, Getränkekisten nach oben zu tragen. Ich ging die Treppen hoch zu seinem Stockwerk, doch alle Türen waren geschlossen. Hatte ich mich vielleicht doch vertan?

Ich ging an den Türen vorbei, an denen zum Glück Namen standen, und hielt an der dritten Tür an.

Ich klopfte.

Hörte Schritte.

Die Tür wurde geöffnet.

Ein blonder, ziemlich gut aussehender Mann stand vor mir und sah mich fragend an. *Ob er es ist?* Seine blauen Augen strahlten förmlich und der leichte Bartschatten machte ihn noch ein Stück weit attraktiver.

»Julin?«, hoffnungsvoll sah ich ihn an.

»Julin ist nicht hier! Wer will das wissen?«, sein Ton war strenger als sein Aussehen und schüchterte mich etwas ein.

»Mein ... ehm ... mein Name ist Salome. Ich komme aus ...«

»Salome? *Die* Salome? Bist du seine Brieffreundin?«

»Genau die bin ich!«

»Ach du ... oh mein Gott! Komm her!«, er kam näher auf mich zu und legte seine Arme stürmisch um meinen Körper. Ich war so perplex, dass ich seine Umarmung zuerst nicht erwidern konnte, denn mich hatte noch nie zuvor jemand Fremdes umarmt. Ein seltsames Gefühl, doch irgendwie vertraut. Vorsichtig legte ich meine Hände an seinen Rücken. Einige Sekunden hielten wir die Umarmung, bevor wir uns voneinander lösten.

»Komm rein! Möchtest du etwas trinken?«

»Ein Wasser wäre nett!«

»Kommt sofort! Setz dich doch schon mal ins Wohnzimmer!«

Ich ging in den Raum, den er mir per Handzeichen gezeigt hatte. Er war nicht sehr groß und spärlich eingerichtet. Ein schwarzes Sofa, ein kleiner Tisch davor, ein Fernseher und zwei kleine Kommoden. Ich setzte mich und ließ alles für einen Moment auf mich wirken, versuchte, die Situation zu verstehen.

»Er redet seit Jahren nur von dir und jetzt stehst du plötzlich vor der Tür! Unglaublich!«, freudestrahlend kam er zurück und stellte zwei Gläser Wasser auf den kleinen Tisch, setzte sich danach neben mich.

»Hattet ihr nicht die Vereinbarung euch nicht zu treffen?«, scheinbar wusste er mehr von uns, als ich dachte.

»Oh, wo bleibt mein Anstand!«, er setzte sich etwas auf und streckte mir seine Hand entgegen.

»Ich bin Taylor. Julins bester Freund und Mitbewohner.«

»Das habe ich mir schon fast gedacht. Er hat mir viel von dir erzählt!«

»Ich hoffe nur Gutes?«

»Meistens …!«, wir mussten beide schmunzeln und tranken einen Schluck aus unseren Gläsern.

»Also, was führt dich hier her?«

»Julin, er … hat sich seit zwei Monaten nicht mehr gemeldet. Ich habe schon versucht ihn anzurufen, aber es antwortet immer nur die Mailbox, da habe ich mir Sorgen gemacht.«

Taylors Augen wurden groß und ich ahnte Schlimmes. Wollte er also wirklich keinen Kontakt mehr zu mir?

»Fuck! Du weißt also gar nicht von … FUCK!«

»Von was, Taylor?«

»Er ist im Gefängnis. Untersuchungshaft.«

Nun wurden meine Augen groß und ich sah ihn schockiert an.

»Was? Warum?«

»Sein Stiefvater …«

»Er hat ihn doch nicht umgebracht, oder?«

»Nein, keine Sorge. Er hat ihn nur krankenhausreif geschlagen, als er seine Mutter besuchen wollte und gesehen hat, wie er sie verprügelte. Wie so oft.«

»Scheiße!«

»Ja, verdammte Scheiße! Aber es wird noch krasser. Seine Mutter hat ihn angezeigt.«

»Seine Mutter hat *was*?«, ich sprang auf und fuhr mir mit beiden Händen durch die Haare.

»So sieht es aus. Er verteidigt sie und sie zeigt ihn dafür an. Welch glückliches Familienverhältnis!«

»Weißt du, wer ihn verteidigt?«

»Er hat einen Pflichtverteidiger.«

»Perfekt! Hast du seine Nummer?«

»Ja, die habe ich. Was hast du vor?«

»Ihm einen richtigen Verteidiger besorgen!«

***

Nachdem ich mit seinem Pflichtverteidiger gesprochen hatte, rief ich meinen Chef an und erklärte ihm die Sachlage. Sofort setzte er alles in Bewegung und wollte uns helfen, denn mit seinen Vorstrafen und der aktuellen Anklage müsste er nicht zwangsläufig in Untersuchungshaft. Er selbst wollte nun mit dem Pflichtverteidiger sprechen und sich danach wieder melden. Aufgeregt saßen Taylor und ich noch immer im Wohnzimmer, lenkten uns mit ein wenig Plauderei ab, bis mein Handy klingelte.

»Herr Brandstein?«

»Salome, es ist alles geklärt. Er muss dem nur zustimmen und die Unterlagen unterzeichnen! Leider kann ich die Kanzlei momentan nicht verlassen, da am Ende der Woche die große Verhandlung ansteht. Du bist vor Ort und kannst alles klären. Hast du eine Möglichkeit die Unterlagen, die ich dir per E-Mail schicke, auszudrucken?«, ich schaute zu Taylor, der das Gespräch mitverfolgte, und er nickte mir zu.

»Ja, das ist kein Problem.«

»Gut. Ein Treffen kann schon morgen früh stattfinden! Den Termin schicke ich dir gleich mit. Denk bitte an deinen Personalausweis! Und, Salome?«

»Ja?«

»Wir bekommen das schon hin!«

»Ich erwarte nichts Anderes!«, schmunzelnd legte ich auf und schloss für einen Moment meine Augen.

»So hast du dir eurer ersten Treffen bestimmt nicht vorgestellt, was?«, ich öffnete die Augen wieder und realisierte erst jetzt, dass ich ihn morgen treffen sollte. Meinen Julin.

»Absolut nicht. Ich kann … ich kann das nicht!«, wieder sprang ich auf und lief im Zimmer auf und ab.

»Dein Chef sagte doch eben noch, für seine beste Mitarbeiterin macht er das gerne, und wenn du die Beste bist, dann kannst du das auch!«

»Was? Nein, das meine ich nicht!«

»Was denn dann?«

»Er … er wird mich sehen!«, ich schlug meine Hände vors Gesicht.

»Und das ist schlimm, weil …?«

»Was ist, wenn er mich abstoßend findet? Wenn er dann keinen Kontakt mehr zu mir will?«, ich sah Taylor an. Ein leichtes Lächeln lag auf seinen Lippen und er klopfte neben sich auf die Sitzfläche des Sofas. Ich setzte mich wieder neben ihn und ließ mich ins zurück ins Polster fallen.

»Wieso, liebe Salome, sollte er *dich* abstoßend finden?«

»Sieh mich doch an!«

»Glaub mir, dass mache ich schon die ganze Zeit!«, seine Blicke glitten von meinem Gesicht über meinen Körper und wieder zurück.

»Ich kann dir versichern, dass du dir darüber keine Sorgen machen musst!«

»Wie meinst du das?«

»Salome, du bist eine der hübschesten und natürlichsten Frauen, die ich je gesehen habe. Bist du grade geschminkt?«

»Nein, ich …«

»Siehst du, einfach wunderschön! Ehrlich gesagt bin ich ziemlich neidisch auf Julin!«, er zwinkerte mir schmunzelnd zu.

»Weißt du, Julin hatte es nicht immer einfach in seinem Leben. Er lacht kaum und man sieht ihn selten lächeln, aber sobald er in den Briefkasten schaut und einen Brief von dir findet, bekommt er das verdammte Lächeln nicht mehr aus dem Gesicht. Du weißt gar nicht, was du ihm bedeutest!«, nachdenklich ließ ich meinen Kopf in den Nacken fallen, als Taylor meine Hand nahm.

»Wolltest du ihn deshalb nie treffen?«

»Ich hatte immer Angst, dass er mich danach im Stich lässt. Dass er mich nicht mehr will.«

»Glaub mir, er hatte oft dieselben Ängste. Er würde dich niemals *abstoßen* oder *im Stich lassen*. Erst recht nicht, wenn er dich sieht. Du bist … eine Granate!«, ich musste lachen, denn er sagte es mit hochgezogenen Augenbrauen und sah dabei furchtbar komisch aus.

»Wie wäre es, wenn du mir in aller Ruhe erzählst, wer dein Selbstbewusstsein so zerstört hat?«

»Das wird eine lange Geschichte!«

»Gut. Hast du schon viel von Berlin gesehen?«

»Noch nichts!«

»Ich hole meine Jacke!«

***

Das Telefon klingelte. Ich legte meine Hand auf den Hörer, nahm ab und hielt es mir an mein Ohr.

»Guten Morgen, Frau Rosenberg. Ich hoffe, Sie hatten eine angenehme Nacht. Wie gewünscht wecken wir Sie um 10:00 Uhr.«

»Vielen Dank!«

Ich legte den Hörer wieder auf das Telefon und streckte mich ausgiebig. Taylor und ich waren noch stundenlang unterwegs gewesen, lachten viel und kamen aus dem Reden nicht mehr raus. So endeten wir in einer Bar, in der es ausgezeichnetes Essen gab, und erzählten uns alles, was uns einfiel. Als ich ihm von Lea und ihrer Clique erzählte, konnte er es genau nachfühlen, denn auch er wurde als Jugendlicher gemobbt und ausgegrenzt. Bis er Julin kennenlernte. *Er war immer größer als die Anderen und jeder hatte Angst vor ihm, er hat mich immer beschützt und war für mich da, wie ein Bruder!,* sagte er. Auch sein Selbstbewusstsein, das genau wie meines kaum noch vorhanden war, baute er wieder auf und gab mir einige Tipps, wie auch ich es schaffen kann.

    Ich stand auf und stieg direkt in die Dusche, die warmes Wasser auf meinen Körper tropfen ließ. Nach dem Duschen föhnte ich mir die Haare, schminkte mich dezent und stand nun vor meinem Koffer, den ich noch immer nicht ausgepackt hatte. Ich entschied mich für eine enge Jeans, ein weißes Top, eine kurze Jeansjacke und meine weißen Sneakers. Bevor ich mich auf den Weg machte, kontrollierte ich die Papiere auf Vollständigkeit und atmete tief durch. Jetzt war es so weit.

***

    Ich saß in einem kleinen Raum, in dem sich nur ein Tisch und zwei Stühle befanden, und wartete sicherlich schon 10 Minuten. Mehrmals hatte ich die Papiere sortiert und ordentlich vor mich gelegt, um meine Nervosität ein wenig in den Griff zu bekommen. Die Anmeldung war ziemlich einfach, denn mein Chef hatte alle Vorkehrungen getroffen. Lediglich meinen Personalausweis musste ich vorzeigen. Auch alle Wertgegenstände musste ich abgeben, nur die Unterlagen durfte ich behalten. Und nun saß ich hier und knetete vor Aufregung meine zitternden Hände.

Eine Tür wurde geöffnet und ein uniformierter Mann trat ein. Ich sah ihn erwartungsvoll an, bis er einen Schritt zur Seite trat und ich *ihn* sah. Er war sicherlich noch einen Kopf größer als der Mann vor ihm und um einiges breiter. Seine Statur glich einem Adonis, einem wahren Gott. Seine Arme waren tätowiert und sehnig, als hätte er zuvor stundenlang trainiert. Mit gesenktem Blick trat er ein und setzte sich mir gegenüber. Als er mich anschaute, setzte mein Herz für einen kurzen Schlag aus.

Wunderschön.

Seine Haare waren relativ kurz und dunkelbraun, sein Gesicht markant und mit einer wundervoll reinen Haut gesegnet. Volle Lippen und eine gerade Nase rundeten das Ganze ab. Und dann waren da seine Augen. So dunkel, fast schwarz, und einzigartig. Umrandet von langen Wimpern und eingerahmt von vollen, dunkelbraunen Augenbrauen.

»Julin?«

»Der bin ich. Wer will das wissen?«, seine Stimme bescherte mir eine Gänsehaut. Dunkel, tief und heiser.

»Haben sie dir meinen Namen nicht genannt?«

»Sie sagten nur, dass jemand auf mich warten würde …!«, die Betonung hätte nicht gleichgültiger sein können. Er legte seine Hände auf den Tisch und knetete seine Finger, wich meinem Blick immer wieder aus.

»Ich bin … ich …«, sein Blick galt noch immer seinen Händen und das machte mich nervös. Warum wollte er mich nicht ansehen?

»Ich bin Salome!«

Stille.

Sein Blick schoss nach oben und er sah mich ungläubig an, sein Mund öffnete sich ein Stück.

»Ich habe mir Sorgen gemacht und da habe ich gedacht, dass ich …«

»Salo?«

»Ja«

»Mei … meine Salo?«, er ließ seine Schulter hängen und sein Blick wurde viel weicher, fast schon traurig. Selbst Tränen konnte ich in seinen Augen aufblitzen sehen.

»Ich denke schon, außer du kennst mehrere. Vor 8 Jahren kanntest du jedenfalls noch keine!«, ich schenkte ihm ein Lächeln, da ich selbst nicht wusste, wie ich in dieser Situation reagieren sollte. Er atmete schwer, seine Brust hob und senkte sich in einem schnellen Takt.

»Du bist es wirklich!«, nun schenkte auch er mir ein strahlendes Lächeln und griff mit beiden Händen nach meinen, die ich ihm sofort reichte. Er führte sie zu seinem Mund, schloss die Augen und küsste sie nacheinander. Blitze schossen durch meinen Körper und die geküssten Stellen kribbelten wie nie zuvor. Noch immer mit geschlossenen Augen und meinen Händen an seinen vollen Lippen sprach er weiter.

»Es tut mir so unendlich leid, Salo. Ich habe dir so viele Briefe geschrieben, aber ich durfte sie nicht abschicken. Ich habe schon gedacht, dass ich dich für immer verliere …!«, eine Träne löste sich aus seinen Augen und er schluchzte gegen meine Hände, mit denen ich seine fest drückte.

»Julin, du wirst mich nie verlieren! Du bist mir viel zu wichtig!«, er sah auf und schaute mir in die Augen, die inzwischen ebenfalls tränenüberflutet waren.

»Du weißt nicht, wie viel mir deine Worte bedeuten! Sobald ich aus der Untersuchungshaft entlassen werde und meine Freiheitsstrafe antrete, darf ich dir wieder schreiben. Wenn du das überhaupt noch willst?«

»Da fragst du noch?«, ich drückte seine Hände noch etwas fester, was seine Mundwinkel zucken ließ.

»Aber genau deswegen bin ich hier. Die Kanzlei, in der ich arbeite, hat deinen Fall übernommen. Du musst mir nur einige Sachen unterzeichnen, dann werden wir dich vertreten.«

»Salo, ich kann mir das nicht leisten. Ich habe kaum etwas gespart und ich weiß nicht, ob ich noch länger einen Job habe.«

»Mach dir um die Kosten keine Gedanken, aber glaub mir, mit uns hast du viel bessere Chancen als mit einem Pflichtverteidiger. Zudem hat mein Chef schon alles in die Wege geleitet, um dich bis zur Verhandlung hier raus zu holen.«

»Ich … ich weiß nicht, was ich sagen soll.«

»Dann sag nichts. Unterschreib einfach und wir reden draußen weiter!«, wieder lächelte ich ihn an, was er sofort erwiderte. Würde er meine Hände nicht halten, wäre ich bei diesem Anblick wohl schon längst vom Stuhl gefallen.

»Zeigst du mir, wo?«, ich nahm meine Hände aus seinen und sofort fehlte mir etwas. Als ich die Unterlagen vor ihm ausbreitete und ihm erklärte, worum es sich handelt, hörte er mir genauestens zu, nickte oft und stellte Fragen. Kurz bevor der uniformierte Mann uns sagte, dass die Besuchszeit zu Ende war, unterschrieb er alles.

»Wenn alles gut geht, sehen wir uns draußen wieder.«

»Ich weiß nicht, wie ich dir jemals dafür danken soll, Salo!«, die Art, wie er meinen Namen aussprach, den er mir vor Jahren gegeben hatte, war unglaublich.

»Das musst du nicht!«, ich stand auf und legte die Blätter übereinander, als er sich ebenfalls erhob. Er stand direkt vor mir und ich schaute nur auf eine durchtrainierte, breite Brust. Er war so groß, dass ich meinen Kopf in den Nacken legen musste, um ihn anzusehen.

»Also, dann bis ...«, ich konnte den Satz nicht zu Ende sprechen, denn er legte seine großen Hände um meine Hüften und zog mich an sich. Sofort spürte ich seine Wärme, die ich nie wieder missen wollte. Ich legte meine Arme um seinen Rücken und erwiderte die Umarmung, nach der ich mich scheinbar so viele Jahre sehnte, denn in diesem Augenblick fühlte ich mich zum ersten Mal in meinem Leben komplett.

»Die Besuchszeit ist jetzt vorbei. Ich muss Sie bitten zu gehen!«, es fiel mir wirklich schwer mich von ihm zu lösen, doch ich wollte ihm auch keinen Ärger machen.

»Du fehlst mir jetzt schon!«, er gab mir einen Kuss auf die Wange und strich mir mit einer Hand über meinen

Kopf, schaute mir traurig, doch gleichzeitig auch glücklich in die Augen.

»Du mir auch! Bis bald!«

»Bis bald!«

Kapitel Drei

Julin

»Du hast Besuch!«
»Ich erwarte keinen Besuch!«
»Du hast trotzdem welchen. Komm mit, sie wartet schon auf dich.«

Sie? Eine weibliche Person, die mich besuchen kommt? Niemals! Es könnte höchstens meine Mutter sein, doch genau wegen dieser sitze ich ja hier. Ich stand auf und stellte mich neben die Wache, die mich in das Besucherzimmer bringen sollte. Wir gingen einen langen Flur entlang, bis wir vor einer Tür stehen blieben und ich auf Gegenstände durchsucht wurde. Die Tür wurde geöffnet und ich trat ein. Sofort umgab mich ein süßer Duft. Blumig und fruchtig. Ich setzte mich ihr gegenüber und sah sie an. Eine Schönheit, die ich noch nie zuvor gesehen hatte. Natürlich und makellos, nicht so wie die Frauen, die ich kannte. Die künstlichen, operierten Weiber, die sich auf Kerle wie mich einließen, ohne mit der Wimper zu zucken. Bei einer Frau wie dieser hätte ich niemals eine Chance, soviel war sicher. Ihre grünen Augen brannten sich sofort in mein Gedächtnis und ich wusste, dass ich sie niemals wieder vergessen könnte.

»Julin?«, ihre Stimme klang sanft und brüchig, schüchtern und nervös.

»Der bin ich. Wer will das wissen?«

»Haben sie dir meinen Namen nicht genannt?«

»Sie sagten nur, dass jemand auf mich warten würde …!«, ich spielte mit meinen Händen um mich abzulenken, denn ihre Anwesenheit machte mich nervös. Was wollte diese hübsche Elfe von mir?

»Ich bin … ich … ich bin Salome!«

Salome. Salome? Wie meine Salo? Das konnte nur ein komischer Zufall sein, außer …

»Ich habe mir Sorgen gemacht und da habe ich gedacht, dass ich …«

»Salo?«

»Ja«

»Mei … meine Salo?«, sie war es wirklich. Vor mir saß meine Brieffreundin, nach der ich mich so lange sehnte, die ich mit jedem Tag, an dem ich nichts von ihr hörte, vermisste. Die Frau, die mir seit 8 Jahren *alles* gibt und in die ich mich von der ersten Minute an verliebt hatte. Die Frau, die mich nie treffen wollte und ich wusste auch, warum. Ich war ein Niemand. Ein Versager.

Sie sprach weiter, doch ich konnte mich kaum auf die gesagten Worte konzentrieren, denn sie schenkte mir ein Lächeln, das die Welt zum Stillstand bringen konnte. Es konnte die Sonne an tristen Tagen aufgehen lassen.

»Du bist es wirklich!«, das erste Lächeln seit Wochen breitete sich auf meinem Gesicht aus und ich konnte dem Drang, ihre Hände zu nehmen, nicht widerstehen. Sobald ich sie berührte, kribbelte es in meinem ganzen Körper. Die Gefühle übermannten mich, als ich ihre zarten Hände zu meinem Mund führte, um diese zu küssen.

»Es tut mir so unendlich leid, Salo. Ich habe dir so viele Briefe geschrieben, aber ich durfte sie nicht abschicken. Ich habe schon gedacht, dass ich dich für immer verliere …!«, ich konnte ein Schluchzen nicht mehr unterdrücken, denn die Angst steckte jede Sekunde meiner Inhaftierung tief in mir. Ihre Worte, dass ich sie niemals verlieren werde, ließen meine Gedanken fliegen. Obwohl wir hier in einer so verqueren Situation waren, wollte sie weiterhin den Kontakt mit mir. Dass sie sich dann auch noch so sehr für mich einsetzt, erfüllte mein Herz mit Wärme, die sonst nur ihre Briefe auslösten. Sie erklärte mir alles genau und ich hing an ihren Lippen. Sie war nicht nur wunderschön, sondern auch noch verdammt intelligent.

Eine scharfe und anbetungswürdige Mischung.

Als die Besuchszeit vorüber war, unterschrieb ich alles und beobachtete sie, wie sie die Unterlagen ordentlich zusammenlegte und aufstand. Sofort erhob ich mich ebenfalls und wusste nicht recht, wie ich mich verabschieden sollte, doch meine Hände machten sich selbstständig. Ich nahm ihre schlanke Hüfte in meine Hände und zog sie an mich. Der blumige, süße Duft wurde stärker und ich wollte mehr davon. Als sie ihre kleinen Hände auf meinen Rücken legte, bebte mein Körper kurz auf, denn diese Berührung fühlte sich so vertraut an, dass er mir Angst machte. Ich fühlte mich in diesem Augenblick so komplett, so ausgefüllt, niemals mehr wollte ich etwas Anderes spüren.

»Die Besuchszeit ist jetzt vorbei. Ich muss Sie bitten zu gehen!«, am liebsten hätte ich der Wache einen bösen Blick zugeworfen, doch ich konnte meine Augen nicht von ihr nehmen. Diese Schönheit, diese wundervolle Elfe, war wirklich meine Salo. Die Verabschiedung fiel mir unglaublich schwer, doch ihre Augen sagten mir, dass es schnell ein Wiedersehen geben sollte.

***

»Und? Wer war die Unbekannte?«, mein Zellenkollege Tom stand auf und setzte sich auf einen der Stühle, die an unserem kleinen Tisch standen. Er war wegen Diebstahl und ebenfalls schwerer Körperverletzung in Untersuchungshaft.

»Das glaubst du mir nie!«, ich setzte mich neben ihn und lächelte ihn an. Da wir von Anfang an gemeinsam hier saßen, wusste er inzwischen fast alles über Salos und meine Geschichte. Oft saß ich an diesem Tisch, über meinen Briefen, und hatte Angst um meine Zukunft. Nicht um meine Zukunft im Allgemeinen, sondern um meine Zukunft mit Salo. Seit 8 Jahren bedeutet sie für mich Leben und Lachen. Sie bedeutet für mich *Liebe*.

»Deine Mutter?«, lachend klopfte er mir auf die Schulter.

»Obwohl, dann würdest du jetzt nicht so lächeln.«

»Wann hast du mich denn die letzten Wochen mal lächeln sehen?«

»Eigentlich immer nur, wenn du über deine Brieffreundin gesprochen hast.«

Mein Lächeln wurde breiter und er riss die Augen auf. »Ne, oder?«

»Ungefähr so habe ich auch geguckt. Tom, sie war es wirklich! Sie ist extra wegen mir nach Berlin gereist, weil sie sich Sorgen gemacht hat!«

»Und? Wie sah sie aus?«

»Glaub mir, ich habe in meinem Leben noch keine schönere Frau gesehen. Ihre Haare, ihre Augen, ihre Lippen, ihre Figur … sie ist … perfekt!«

Noch lange redeten wir über sie und ihr Vorhaben, mich aus der Untersuchungshaft zu befreien. Nie hatte sich jemand so für mich eingesetzt und auch Tom war schwer begeistert. *Und du hattest Angst, dass sie dich einfach vergisst!*, sagte er. Im Nachhinein musste ich mir wirklich keine Sorgen machen, doch wenn man wochenlang keinen Kontakt hat, überkommen einen die verrücktesten Ängste.

Der restliche Tag verlief wie gewohnt, doch ich bekam dieses verdammte Lächeln nicht mehr aus dem Gesicht. Selbst als ich abends in dem viel zu kleinen Bett lag, gab es für mich keinen anderen Gedanken als *sie*. Ihr Duft war noch immer in meiner Nase und ich spürte ihre warmen Hände auf meiner Haut. Unsere Zeit war einfach viel zu kurz, denn ich hatte noch so viele Fragen, die ich ihr gerne gestellt hätte. Fragen, die mich in den Schlaf begleiteten und die ich ihr hoffentlich bald stellen konnte.

Kapitel Vier

Salome

Als ich aus der JVA kam und zu meinem Auto ging, musste ich nicht nur meine Gedanken, sondern auch meine Gefühle unter Kontrolle bringen. Noch immer konnte ich seine Hände an meinen Hüften spüren, seine Lippen an meinen Fingern, seine feste Brust an meiner Wange. Ich setzte mich auf den Fahrersitz und atmete tief ein und wieder aus, bevor ich mich auf den Weg zu Taylor machte.

Der Stadtverkehr stresste mich wieder, doch ich bekam das Lächeln nicht aus meinem Gesicht. Heute sollte mir nichts und niemand die Laune verderben. Als ich endlich vor dem großen Gebäude ankam und glücklicherweise sofort einen Parkplatz fand, rannte ich schon fast die Treppen hoch, denn ich wollte so schnell wie möglich die Unterlagen an meinen Chef weiterleiten. Taylor öffnete mir die Tür und strahlte mir sofort entgegen.

»Kleine, du glaubst nicht, wie sehr ich mir gewünscht habe, dass du mit einem Lächeln vor der Tür stehst!«

»Ich bekomme es irgendwie nicht mehr aus dem Gesicht …!«, er kam einen Schritt näher und umarmte mich fest und stürmisch.

»Komm rein, du hast bestimmt einiges zu erzählen!«

Nachdem wir die Unterlagen zu meinem Chef gefaxt und ich ihm jedes kleine Detail unserer Begegnung erzählt hatte, gingen wir zusammen los und setzten uns in ein nah gelegenes Restaurant.

»Und er hatte wirklich Tränen in den Augen?«

»Ja, eine ist ihm sogar entwischt. Warum?«

»Bei der ganzen Scheiße, die er in seinem Leben schon durchmachen musste, habe ich ihn nie weinen sehen. Er hat seine Gefühle nie gezeigt, geschweige denn drüber gesprochen. Nur wenn es um dich ging, bekam man einen kurzen Blick in seine Seele. Du bist wirklich etwas Besonderes für ihn!«

»Und er ist etwas ganz Besonderes für mich.«

Wir mussten beide lächeln und schauten wieder in unsere Karten, um etwas zu essen zu bestellen. Kurze Zeit später nahm der Kellner unsere Bestellungen entgegen und wir plauderten so lange, bis das Essen serviert wurde.

Spaghetti mit Tomatensoße, Parmesan und Basilikum.

Wir schlugen uns die Bäuche voll und bestellten zum Nachtisch noch ein Eis, das wir mit letzter Kraft und viel Genuss aßen. Nachdem wir bezahlt hatten und uns auf den Rückweg machten, klingelte mein Handy.

»Hallo Herr Brandstein!«

»Salome! Ich habe eine gute, aber auch eine schlechte Nachricht für dich. Welche möchtest du zuerst hören?«, ich stellte meinen Lautsprecher an, sodass Taylor alles mithören konnte.

»Zuerst die Gute, bitte.«

»Herr Beck wird noch morgen entlassen!«, ungläubig sahen Taylor und ich uns an, bis wir beide losjubelten und uns in die Arme fielen.

»Das ist ja großartig! Wie war das so schnell möglich?«

»Sein Pflichtverteidiger hat seine Sache einfach nicht gut gemacht und darauf konnte ich aufbauen. Ein Anruf bei der Frau Richterin hat gereicht, doch so kommen wir auch schon zu der schlechten Nachricht …!«, ich nahm Taylors Hand und drückte sie fest, was er erwiderte.

»Seine Verhandlung wurde vorverlegt und steht schon in 4 Tagen an. Euch bleibt also nicht viel gemeinsame Zeit, denn die Anklage ist schwer und wird mit Sicherheit eine Freiheitsstrafe mit sich ziehen. Auch persönlich kann ich nicht vor Ort sein, du weißt schon, wegen der großen Verhandlung, doch ich werde von hier aus alles Vorbereiten und Herrn Tulp zu euch schicken. Du kennst ihn gut und weißt, dass man sich auf ihn verlassen kann.«

Das wusste ich wirklich, denn Christopher, Herr Tulp war, nach meinem Chef, der beste Verteidiger, den ich kannte und ich hatte schon oft Fälle mit ihm bearbeitet.

»Ja, das weiß ich. Danke für Ihre Mühe, und falls es noch etwas Neues gibt, melden Sie sich bei mir?«

»Natürlich!«

Er sagte uns noch, dass wir Julin bereits am nächsten Morgen abholen könnten, und wünschte uns einen schönen Tag. Dass er sich so für Julin und für mich einsetzte, machte mich schon fast sprachlos.

»Wir können ihn also wirklich morgen abholen? Einfach so?«

»Ich denke schon. Wie sollen wir es bis dahin nur aushalten?«, ich wechselte nervös von einem Fuß auf den anderen und raufte mir die Haare, während Taylor mir belustigt zusah.

»Da hilft nur Ablenkung auf Taylorart! Lust auf ein bisschen Sightseeing?«

***

Müde und erschöpft fiel ich in mein Bett und wollte nur noch schlafen. Taylor war nicht nur ein lustiger Geselle, sondern auch ein perfekter Guide. Er wusste fast alles über die Stadt und führte mich an Orte, die jeder Tourist einmal gesehen haben sollte. Mein Highlight war der Cocktail, den ich mir hoch oben auf dem Fernsehturm genehmigte.
Wie in einer anderen Welt.
Als der Weckdienst mich am nächsten Morgen anrief, war ich schon frisch geduscht und angezogen. Vor Aufregung konnte ich einfach nicht länger schlafen und vertrieb mir die Zeit mit Körperpflege, schiefen Gesängen unter der Dusche und dem nötigen Auspacken des Koffers. Ich entschied mich dazu, an diesem warmen und wolkenlosen Tag ein Kleid anzuziehen. Die dünnen Träger lagen auf meinen Schultern und hielten das lockere, weiße Kleid, in welches ich mich schon vor dem Kauf verliebt hatte. Selbst meine Mutter war damals zufrieden, denn es ließ mich wie die wahre Unschuld vom Lande aussehen, obwohl es nur bis zur Hälfte der Oberschenkel reichte. Auch der Ausschnitt ließ meinen Busen vorteilhaft aussehen, doch zeigte nicht zu viel. Ich entschied mich dazu, meine ebenfalls weißen Ballerina zu tragen und nahm meine große Hängetasche vom Stuhl, in der sich Portemonnaie, Handy und Schlüssel befanden. Als ich

das Hotel verließ und vor dem Eingang auf Taylor wartete, machte sich sofort wieder Nervosität in mir breit. Wie wird unsere zweite Begegnung ausfallen? Ob er immer noch froh sein wird, dass ich hier bin?

Ehe ich mir weitere Gedanken machen konnte, hupte es schon vor mir und ich stieg in Taylors Auto ein.

»Kann es sein, dass du von Tag zu Tag schöner wirst?«, er begutachtete mich von oben bis unten und ich boxte ihm gegen die Schulter.

»Hör auf zu schleimen und fahr los!«, nun musste auch er lachen und legte den ersten Gang ein, um uns zu Julin zu fahren. Wir alberten rum, um uns von der Aufregung und dem Bevorstehenden abzulenken, bis wir schon auf dem Parkplatz der JVA standen. Wir stiegen aus und stellten uns vor das Auto, sprachen nun kein Wort mehr miteinander, bis eine große Tür geöffnet wurde.

Zuerst sahen wir nur zwei uniformierte Männer, bis Julin aus der Tür trat. Er trug eine dunkle Jeans, schwarze Chucks und ein schwarzes Shirt, das sich eng um seine Muskeln schmiegte. Er sah hoch und erblickte uns, sofort erhellte sich sein Blick und er kam schnellen Schrittes auf uns zu.

»Junge, so schlimm kann der Knast ja nicht sein. Du siehst aus wie das blühende Leben!«

»Glaub mir, das liegt nicht am Knast!«, er sah mich schmunzelnd an und kam direkt auf mich zu, nahm mich stürmisch in den Arm und flüsterte mir ins Ohr.

»Ich habe keine Ahnung, wie du das so schnell geschafft hast, aber ich danke dir von ganzem Herzen!«, er drückte mich noch fester an sich und gab mir einen

Kuss auf den Scheitel. Tausend Schmetterlinge tanzten in meinem Bauch und mein ganzer Körper kribbelte, nie wieder wollte ich ihn loslassen. Er löste die Umarmung, doch hielt mich weiterhin mit einem Arm an seiner Seite, während er seinen besten Freund durch einen Handschlag begrüßte.

»Lasst uns bitte schnell von hier verschwinden!«, er hielt mir die Beifahrertür auf und bedeutete mir, dass ich mich setzen sollte.

»Möchtest du nicht lieber vorne sitzen?«

»Keine Sorge, das werde ich!«, wieder sah er mich schmunzelnd an und setzte sich auf die Fahrerseite. Fragend sah ich zu Taylor, der schon hinten Platz genommen hatte.

»Es ist sein Auto!«, als ich wieder zu Julin sah, zwinkerte dieser mir nur frech zu.

»Dann wollen wir mal nach Hause fahren!«

Auf der Fahrt musste ich ihm bis ins kleinste Detail erzählen, wie wir ihn so schnell rausbekommen haben und was ich in den letzten zwei Tagen in Berlin gemacht habe. *Ich hoffe, du hast dich nicht zu gut um sie gekümmert!*, sagte er zu Taylor und wir fingen an zu lachen. Er fand das allerdings gar nicht so lustig, was uns noch mehr dazu veranlasste, loszuprusten.

In der Wohnung der beiden angekommen, bestellten wir zuerst eine Pizza und setzten uns danach gemütlich ins Wohnzimmer. Julin erzählte uns von seinem Alltag im Gefängnis und es dauerte nicht lange, bis es an der Tür klingelte und unsere Pizza gebracht wurde. Auf dem Dorf wartet man mindestens 45 Minuten, hier dauerte es nicht einmal 15. Nachdem wir gemeinsam gegessen hatten, verabschiedete sich Taylor in sein Zimmer, da er sich für seine bevorstehende Nachtschicht ausruhen und uns ein bisschen Zweisamkeit schenken wollte. Da Julin die letzten Wochen nicht viel von der Außenwelt gesehen hat, entschieden wir uns dazu, etwas spazieren zu gehen und das gute Wetter zu nutzen. Sofort, nachdem wir aus der Haustür kamen, nahm er meine Hand und wir gingen in Richtung Park.

»Das du hier bei mir bist, nach all den Jahren ... ich kann das noch gar nicht glauben.«

»Geht mir genauso!«

»Salo, warum wolltest du damals die Vereinbarung abschließen?«, erschrocken sah ich ihn an, denn ich hätte nicht so schnell mit der Frage gerechnet.

»Ich ... ich hatte Angst, dass du mich danach nicht mehr wollen würdest. Mir die Freundschaft kündigen könntest und ich nie wieder etwas von dir höre ...!«

»Und warum sollte ich das deiner Meinung nach tun?«

Mir war es peinlich die nächsten Sätze auszusprechen, doch wir waren schon immer ehrlich zueinander und das sollte sich jetzt nicht ändern.

»Ich hatte Angst, dass du mich hässlich findest ...«, er blieb ruckartig stehen und sah mich mit großen Augen an.

»Bitte, was?«

»Du hast mich schon verstanden!«

»Nein, ich habe dich gehört, aber verstanden habe ich dich nicht. Warum sollte *ich dich* hässlich finden? Du bist, mit großem Abstand, die schönste Frau, die ich je gesehen habe!«, ich wurde rot und wusste nicht, wie ich auf das Gesagte reagieren sollte. Schon mit Taylors Komplimenten konnte ich schlecht umgehen, aber so etwas nun von Julin zu hören, war unglaublich.

»Ich weiß nicht ... ich finde mich einfach nicht hübsch ... nicht *besonders* ...«

»Also ich finde dich wunderschön und *besonders* erst recht! Deine Augen ... so etwas habe ich noch nie zuvor gesehen!«, er legte seine Hand an meinen Hinterkopf und sah mir tief in die Augen. Jede Zelle meines Körpers machte Freudensprünge, denn diese Energie, dieses *Etwas* zwischen uns, war allgegenwärtig.

»Und dann erst dein Charakter, deine Hilfsbereitschaft und Offenheit, dein Lächeln, deine Lippen ...«, er legte seine andere Hand an meine Wange und strich verträumt mit dem Daumen über meine Unterlippe, die sofort unter der Wärme seiner Berührungen in Flammen aufging.

»Vor 8 Jahren hast du mir, ohne dass du es wusstest, so viel Kraft und Hoffnung gegeben. Du hast mir meinen Schmerz und meine Probleme aus der Hand genommen und sie nie wieder losgelassen. Du stärkst mich in jeder Sekunde, in der ich an dich denke. Mein Weg war bis jetzt grau, kalt und schwer, doch du bist die Helligkeit, die Wärme, die Leichtigkeit. Du bist mein Licht, Salo!«, die Tränen in meinen Augen brannten und lösten sich aus meinen Augenwinkeln, als er endlich seine Lippen auf meine legte. Sanft und zart, ganz ohne Eile, küssten wir uns und die ganze Welt erstarrte. Es gab nur uns beide und das Gefühl von bedingungsloser Zuneigung.

»Das fühlt sich so richtig an ...!«, ich sah ihn an. Er nickte noch mit geschlossenen Augen und einem liebevollen, wunderschönen Lächeln auf den Lippen. Auch wenn es nicht mein erster Kuss war, es war mit Abstand der Beste.

»Das ist es auch, Engel. Das ist es auch.«

Wieder trafen sich unsere Lippen und wir vertieften den Kuss, von dem wir beide so lange geträumt hatten, bis wir von einem hupenden Auto gestört wurden. Wir lächelten uns an und setzten unseren Weg fort.

»Erzählst du mir, wie es passiert ist? Also, das mit deinem Stiefvater?«

»Du weißt ja, dass meine Mutter mir damals heimlich einen Schlüssel zu ihrer Wohnung gegeben hat, oder?«

»Ja.«

»Ich bin oft, wenn ich wusste, dass *er* nicht da ist, zu ihr gegangen. In den letzten Wochen vor der Haft ist mir immer öfter aufgefallen, dass sie frische Wunden und blaue Flecken hat. Es ging eine Zeit lang recht gut, doch es hatte wieder angefangen. Sie sagte zwar immer, dass es sich dabei nur um Fallverletzungen oder Ähnliches handelt, doch ich weiß aus eigener Erfahrung, wie es aussieht, wenn man von ihm zusammengeschlagen wird! Als ich vor etwa zwei Monaten zu ihr kam, stand *er* plötzlich vor mir. Er hatte den Tag frei und ich wusste nichts davon. Meine Mutter stürmte sofort aus der Küche und ich sah, dass ihre Wange rot und geschwollen war. Grade, als ich etwas sagen wollte, schlug er mir schon mit der Faust ins Gesicht und ich fiel nach hinten gegen die Tür. Er schrie rum, was ich bei ihnen wollte und warum ich einen Schlüssel hätte. Als er dann dahinterkam, dass ich ihn von meiner Mutter hatte, ging er auf sie los. Ich stand auf, rannte los und stellte mich schützend vor sie, was ihn scheinbar sehr amüsierte, denn er lachte laut los. Ich nutze den Moment und schlug ihm ins Gesicht, sofort kippte er um. Danach ... ich hatte mich einfach nicht mehr unter Kontrolle, Salo. Ich konnte nicht mehr aufhören ...«, sein Körper verspannte sich und er kniff die Augen fest zusammen. Ich stellte mich vor ihn und legte beide Hände an seine Wangen, zog ihn zu mir runter und küsste ihn. Sofort entspannte er sich und erwiderte die Umarmung sowie den Kuss.

»Du bist kein schlechter Mensch, sondern hast dich für deine Mutter eingesetzt. Du hast sie beschützt, Julin!«

»Und trotzdem zeigt sie mich an. Ich hätte ihren Mann grundlos zusammengeschlagen! Das musst du dir mal vorstellen! Grundlos!«, sein Kiefer mahlte und wieder spürte ich jeden zuckenden Muskel in seinem Körper. Ich legte meine Hände auf seine Brust und lehnte mich gegen ihn, was ihn sofort wieder entspannte, doch sein Atem ging noch immer stoßweise. Lange Zeit standen wir einfach nur da.

»Salo?«

»Mh?«

»Meinst du, sie sperren mich lange weg?«

»Ich weiß es nicht, aber ich vertraue meinem Chef. Ihm wird schon etwas einfallen, um deine Strafe zu mindern.«

»Wie soll ich dir nur jemals dafür danken, Engel?«

»Lass uns einfach die nächsten Tage genießen und nicht mehr darüber nachdenken! Sollen wir wieder umdrehen? Ich brauche jetzt dringend einen Kaffee!«

Kapitel Fünf

Julin

Ich konnte ihren Vorschlag, nicht mehr über das Ereignis zu sprechen, nur gutheißen. Viel zu lange habe ich mich damit befasst und mir mehr Schuld zugesprochen, als ich eigentlich trage, doch erst Salo konnte mir klarmachen, dass nicht alles schlecht war, was ich tat. Außerdem habe ich dadurch endlich die Liebe meines Lebens getroffen. Wir gingen wieder Richtung Wohnung und ich zeigte ihr einen Platz, von dem ich ihr oft geschrieben hatte. Es war eine kleine Bank unter einem großen Haselnussbaum. Ich war nicht oft zu Hause, denn mein Steifvater machte mir das Leben zur Hölle. Ich konnte es ihm nie recht machen, war in seinen Augen ein verzogener Bastard, der im Leben sowieso nichts erreichen würde und lange Zeit habe ich ihm geglaubt. Bis zu diesem einen Tag, der mein Leben verändert hat. Der Tag, an dem ich Salo kennenlernte. Ich schreckte kurz zusammen, denn sie unterbrach meine Gedanken.

»Hast du eigentlich meinen letzten Brief noch gelesen?«

»Er kam einen Tag bevor alles passiert ist an. Ich habe sogar angefangen zurückzuschreiben, doch konnte es nicht vollenden. Bist du eigentlich kopflos drauflosgefahren oder hast du vorher den Kontakt zu

Taylor gesucht?«, schmunzelnd sah sie mich an und ich konnte mir die Antwort schon denken.

»Nein, Taylor habe ich erst hier kennengelernt, als ich auf der Suche nach dir war. Ich habe mir halt Sorgen gemacht und telefonisch konnte ich dich auch nicht erreichen, was blieb mir anderes übrig?«, lachend nahm ich sie in den Arm und zog sie an meine Brust. Sie war so unglaublich klein, selbst wenn sie hohe Schuhe tragen würde, müsste ich mich noch leicht bücken, um mein Kinn auf ihren Kopf zu legen.

»Ein Dorfkind allein in der Stadt. Was haben denn Maria und Josef dazu gesagt?«

»Erst wollten sie es mir ausreden, dann haben sie es mir verboten.«

»Und du bist trotzdem gefahren?«

»Du … du bist mir halt wichtig!«, jede Sekunde hatte ich den Drang sie zu küssen, doch nun wurde er so stark, dass ich mich nicht mehr zurückhalten konnte. Ich presste meinen Mund auf ihre vollen, weichen Lippen und musste nicht lange betteln, bis sie meiner Zunge Einlass gewährte. Atemlos trennten wir uns voneinander, als die Haustür, vor der wir schon standen, geöffnet wurde.

»Und du glaubst gar nicht, wie wichtig du mir bist! Komm, lass uns hochgehen!«, wir gingen die vielen Treppenstufen nach oben und ich bat Salo, sich schon mal ins Wohnzimmer zu setzen. Ich setzte eine Kanne Kaffee auf und ging mit zwei Tassen, Milch und Zucker zurück zu ihr. Als hätte ich es schon tausend Mal gemacht, setzte ich mich neben sie, legte meinen Arm um ihre Schulter und zog sie näher an mich.

»Ist es nicht komisch, wie vertraut und innig sich jede Berührung anfühlt?«, sie nahm meine Hand und strich mit ihrem Daumen über meine Finger. Ich wunderte mich, denn sie sprach genau das aus, was ich dachte.

»Als hätte es nie etwas Anderes gegeben, oder?«, ich sah sie an und musste lächeln. Sie sagte das alles so sicher, doch ihr Blick verriet mir, dass sie vollkommen unsicher war.

»Salo, für mich gab es nie etwas Anderes! Auch wenn wir uns jetzt erst begegnet sind, du warst es schon immer und seit gestern weiß ich, dass du es auch immer sein wirst!«, ihre Miene erhellte sich und sie wurde etwas selbstsicherer. Ich wusste davon, wie sehr sie damals in der Schule gemobbt wurde, und konnte mittlerweile verstehen, wie schlimm es gewesen sein muss. Denn wenn diese hübsche Elfe denkt, dass jemand wie ich *sie* hässlich finden könnte, war das nur anderen zu verschulden und ich hatte mir zur Aufgabe gemacht, ihr das verlorene Selbstwertgefühl zurückzugeben. Ich führte ihre Hand wieder zu meinen Lippen, so wie ich es auch schon bei unserem ersten Treffen getan hatte. Sanft legte ich meine Lippen an ihre Finger und spürte ihre warme, weiche Haut.

»Weißt du, was ich gedacht habe, als ich dich gestern das erste Mal sah?«, sie schüttelte den Kopf und schaute mich skeptisch an. Diese Frau besaß wirklich kein bisschen Selbstbewusstsein. Ich sah ihr tief in die Augen und strich mit meinen Lippen über ihren Handrücken.

»Das ich in meinem Leben noch keine so schöne Frau gesehen habe, so natürlich und makellos. Ich dachte, dass jemand wie ich niemals eine Chance bei einer Frau wie dir haben würde.«

»Warum das denn nicht? Du siehst unglaublich gut aus, bist riesengroß, deine Muskeln sind ... mächtig und dein Lächeln macht mich noch vollkommen verrückt!«, ich konnte ihr ansehen, dass sie jedes Wort genau so meinte, wie sie es sagte.

»Dann sollte ich wohl öfter Lachen!«

»Das solltest du wirklich!«

»Du übrigens auch!«, schüchtern sah sie zur Seite, doch ich nahm ihr Kinn mit zwei Fingern und zog es sanft zurück in meine Richtung.

»Schäm dich niemals vor mir, Engel, sei immer du selbst.«

»Ich versuche es, aber das alles ist noch so neu für mich. Du weißt, wie sehr ich mich immer verstellen musste, um es allen recht zu machen. Vor allem meinen Eltern ...!«

»Vor mir musst du dich nicht verstellen, denn in meinen Augen bist du perfekt!«

»Es tut gut das zu hören, denn du bist der einzige Mensch, der mich wirklich kennt!«, ich legte meine Lippen sanft auf ihre. Sie legte ihre zarten Hände an meine Wange und erwiderte den liebevollen Kuss, der mir Gänsehaut am ganzen Körper bescherte. Noch nie zuvor hatte ein Kuss das geschafft.

Lange saßen wir dort, tranken Kaffee, redeten und lachten aus vollem Herzen. Ihr Lachen war so süß und ansteckend, dass ich nie wieder etwas Anderes hören wollte. Wir vergaßen die Zeit und wurden irgendwann von Taylor unterbrochen.

»Ich glaube, ich habe dich in den letzten Jahren nicht so oft lachen hören, wie in den letzten Stunden!«, er setzte sich zu uns und trank meinen mittlerweile kalten Kaffee aus, verzog angewidert das Gesicht.

»Ich hoffe, wir waren nicht zu laut oder haben wir dich etwa geweckt?«

»Nein, alles gut! Ich muss heute sowieso etwas früher los. Soll ich dich vorher noch zurück ins Hotel fahren, Salo?«, sie sah zu mir hoch und ich konnte in ihrem Blick erkennen, dass sie sich noch nicht von mir trennen wollte. Auch ich wollte sie nicht gehen lassen, am liebsten nie wieder. Lachend küsste ich ihre Stirn und zauberte ihr damit ein Lächeln auf ihr Gesicht.

»Ich bringe sie später schon zurück … vielleicht!«, nun musste auch Taylor schmunzeln.

»Dann lasse ich euch Turteltäubchen mal alleine!«, wir verabschiedeten uns von ihm und gingen in die Küche, um etwas zu kochen. Viel hatten wir nicht mehr im Kühlschrank, aber Salo schaffte es trotzdem, etwas unglaublich Leckeres daraus zu zaubern. Nach dem Essen spülten wir gemeinsam ab und gingen zurück ins Wohnzimmer, in dem wir noch einen Film schauen wollten. Ich legte mich auf unser Sofa und zog sie in meine Arme, in die sie sich sofort kuschelte. Ihr kleiner Körper lag ganz nah an meinem und ich habe mich selten so wohl gefühlt. Ihr glückliches Seufzen verriet mir, dass es ihr ebenso ging wie mir.

»Möchtest du überhaupt wieder zurück?«

»Nach Hause oder ins Hotel?«

»Beides!«

»Nein, absolut nicht!«, sie drehte sich in meinen Armen um und legte ihre Lippen auf meine. Gerne erwiderte ich den Kuss, der so sanft und vertraut war, doch schnell leidenschaftlich wurde. Mit einer Hand in ihrem Nacken und der anderen an ihrem Rücken zog ich sie so nah wie möglich an mich und vergrub meine Hand in ihren Haaren. Ihr warmer Körper schmiegte sich perfekt an meinen und strahlte eine Hitze aus, die mich fast verbrennen ließ.

»Salo, von mir aus musst du nie wieder zurück, bleib einfach bei mir!«, ich flüsterte ihr die Worte nah an ihr Ohr und küsste daraufhin die Stelle darunter, liebkoste ihren Hals mit meinen Lippen, was ihr ein leises Stöhnen entlockte.

»Ich werde an deiner Seite bleiben, aber nicht hier. Ich kann nicht in so einer Stadt wohnen, das weißt du!«

»Dann komme ich zu dir, nach meiner Haft … wenn du mich dann noch willst!«, sie legte ihre Hand, die bis zu diesem Zeitpunkt noch an meiner Brust geruht hat, an meine Wange und lächelte mich an.

»Ich will dich schon viel zu lange, Julin!«, wieder traf ein zarter Kuss meine Lippen, bevor sie sich wieder umdrehte und ich den Film startete. Schon nach kaum einer Stunde merkte ich, dass Salo eingeschlafen war, denn ihr Atem ging gleichmäßig und tief. Auch ich konnte ein Gähnen nicht mehr unterdrücken und beschloss sie zu wecken, denn ich wusste nicht, ob sie die Nacht wirklich hier verbringen wollte.

»Salo? Engel?«

»Mh?«, sie öffnete die Augen und gähnte auf.

»Möchtest du heute Nacht bei mir bleiben?«

»Wenn du nichts dagegen hast?«, ich strahlte sie glücklich an, sprang über sie, stellte mich hin und hob sie auf meinen Arm, was ihr einen kurzen Schrei entlockte.

»Auf diese Antwort habe ich gewartet!«, ich ging mit ihr in mein Schlafzimmer und warf sie auf mein Bett, das unter ihrer Leichtigkeit kaum erschütterte. Nachdem sie selbst lachen musste, sah sie mich erschrocken an.

»Ich habe überhaupt keine Schlafsachen dabei!«

»Keine Sorge, ich kann dir ein Shirt von mir geben und im Badezimmer haben wir noch verpackte Zahnbürsten.«

Ich ging zu meinem Kleiderschrank und gab ihr eines meiner Shirts, zeigte ihr danach unser Badezimmer und wir putzen uns gemeinsam die Zähne. Zum Umziehen ließ ich ihr etwas Freiraum und begab mich in mein Schlafzimmer, um mich auszuziehen. Nur in Boxershorts und Shirt legte ich mich in mein Bett und wartet auf meine Schönheit. Als die Tür geöffnet wurde, musste ich schlucken, denn das Wort *Schönheit* war absolut untertrieben. Sie stand im Türrahmen, mit offenen Haaren, die ihr locker über die Schulter fielen, meinem Shirt, das ihr viel zu groß war und daher bis zur Mitte ihrer Oberschenkel reichte, und war vollkommen ungeschminkt, was sie noch tausend Mal schöner machte. Langsam kam sie auf mich zu und legte sich neben mich, noch immer konnte ich meinen Blick nicht von ihr wenden.

»Warum guckst du so komisch? Habe ich etwas im Gesicht?«

»Nein, du ... ich kann einfach nicht fassen, was für ein Glück ich doch habe!«, schüchtern lächelnd rutschte sie etwas näher zu mir, sodass ich sie in meine Arme schließen konnte. Sie kuschelte sich verträumt an meine Brust und legte ihre Hände an meinen Rücken, den sie sofort zu kraulen begann. Noch nie hat jemand das zuvor bei mir gemacht und es fühlte sich unglaublich gut an. Auch ich begann sie zu kraulen und zu streicheln, was ihr ein leises Seufzen entlockte.

»Ich glaube, ich war noch nie so glücklich wie in diesem Moment!«

»Ich auch nicht, aber wenn meine Eltern wüssten, dass ich grade mit einem Mann in seinem Bett liege ...!«, wir prusteten beide los, denn sie fasste sich theatralisch an die Brust und die Ironie in ihrer Stimme war kaum zu überhören.

»Sie würden dich enterben und auf dem Scheiterhaufen verbrennen! Haben sie sich noch nicht gemeldet?«

»Nein, wir haben unter der Woche eh nicht viel Kontakt, doch spätestens morgen sollten sie es merken, wenn ich nicht zur Vorabendmesse erscheine!«

»Du gehst noch immer in die Messe?«

»Wenn ich nicht gehe, dann holen sie mich persönlich vor der Haustüre ab und das willst du wirklich nicht, glaub mir!«, wir schmunzelten beide, denn aus ihren Briefen wusste ich, dass es kaum gläubigere Menschen gab als ihre Eltern.

»Das glaube ich dir gerne! Wie wäre es eigentlich, wenn wir morgen ins Hotel fahren und deine Sachen holen? Von mir aus kannst du die nächsten Tage bei mir bleiben!«

»Wenn es dir nichts ausmacht, gerne!«

»Wenn es mir nichts ausmacht? Wenn du nicht *ja* gesagt hättest, dann hätte ich dich dazu gezwungen!«, lachend vergrub sie ihren Kopf an meiner Brust und ich hielt sie noch fester als zuvor. Nach einigen Minuten unterbrach sie die Stille.

»Julin? Kannst du mich kurz kneifen?«

»Warum?«

»Ich habe Angst, dass ich alles nur träume und morgen ohne dich aufwache!«, gerührt von ihren Worten legte ich meine Lippen auf ihre und gab ihr einen sanften Kuss, der die Schmetterlinge in meinem Bauch tanzen ließ.

»Das ist doch besser als kneifen, oder?«, sie nickte lächelnd und ich konnte nicht anders, als diese Lippen wieder zu küssen. Den ganzen Tag könnte ich nichts Anderes tun, und bis wir vor Müdigkeit die Augen schlossen, taten wir auch nichts Anderes.

Kapitel Sechs

Salome

Als ich meine Augen öffnete, sah ich sofort in dieses wunderschöne Gesicht. Julin schlief noch und sah dabei glücklich und zufrieden aus. Ich legte meine Hand an seine Wange und strich vorsichtig darüber, als sich ein Lächeln auf sein Gesicht schlich. Ehe ich reagieren konnte, hatte er mich schon an den Hüften gepackt und sich so mit mir gedreht, dass ich auf ihm lag. Ein kurzer Schrei meinerseits brachte ihm zum Lachen.

»Guten Morgen meine Hübsche! Hast du gut geschlafen?«, er hielt mich fest an seinen Körper gedrückt und gab mir mehrere Küsse auf Stirn und Scheitel. So hätte ich ewig liegen können.

»Gut? Ich habe *perfekt* geschlafen! Und du?«

»Noch nie besser!«, wir lächelten uns an, bevor ich meinen Kopf auf seine Brust legte und meine Augen ein weiteres Mal schloss. Nicht um zu schlafen, sondern um die Wärme und Geborgenheit nicht zu verlieren. Schon seit der ersten Minute vermittelte er mir diese Gefühle, die ich nie wieder vermissen wollte.

»Es tut wirklich gut, wieder in meinem eigenen Bett zu liegen, und dann auch noch die schönste Elfe der Welt neben mir zu haben, macht das Ganze dann perfekt!«

»Auf dir!«, ich hob meinen Kopf und schmunzelte ihn an, während er schon begann mir in die Seiten zu zwicken. Ich wehrte mich dagegen und kam aus dem Lachen nicht mehr raus, doch er ließ nicht locker.

»Ich ergebe mich! Bitte!«, noch nie zuvor musste ich so lachen, dass mir die Tränen kamen. Auch er kam aus dem Lachen nicht mehr raus, denn scheinbar machte es ihm ziemlich viel Spaß, mich zu kitzeln.

»Nenn mir einen Grund, warum ich aufhören sollte!«

»Wenn ich … lache … kann ich dich nicht … küssen …!«, abrupt hörte er auf und legte beide Hände an meine Wangen, zog mich zu sich runter und berührte leicht meine Lippen mit seinen. Mein Lachen erstarb sofort, denn das Kribbeln übermannte jedes andere Gefühl. Ich öffnete leicht meinen Mund, um seiner Zunge Einlass zu gewähren. Sobald unsere Zungenspitzen sich trafen, gab es nichts außer purer Leidenschaft. Wieder durchfuhr eine angenehme Hitze meinen ganzen Körper, die in diesem Zusammenhang völlig neu für mich war. Mein Kopf schaltete sich aus, mein Körper hatte das volle Kommando übernommen. Ich setzte mich auf und zog ihn mit mir nach oben, sodass ich rittlings auf ihm saß. Sofort spürte ich seine Erektion, die sich hart an meine Mitte drückte. Wieder ein vollkommen neues Gefühl für mich, denn bei meinen bisherigen zwei Freunden ist es nie über einen leidenschaftlichen Kuss hinausgegangen. Instinktiv bewegte ich meine Hüfte vor und zurück, woraufhin Julian heiser in meinen Mund stöhnte. In diesem Moment wollte ich mehr. Mehr von diesem Stöhnen. Mehr von diesem Gefühl. Mehr von Julin.

»Julin, ich möchte …«

»Ich werde nicht mit dir schlafen, Salo.«

Ich hielt in meinen Bewegungen inne.

»Was ... warum nicht? Habe ich etwas falsch gemacht?«, plötzlich griff er wieder um meine Hüfte und drehte sich so, dass ich nun unter ihm lag.

»Nein Engel, aber ich weiß, dass du noch Jungfrau bist.«

»Und das willst du nicht ändern?«

»Natürlich möchte ich das, aber nicht jetzt, nicht hier und nicht *so*. Es soll etwas Besonderes sein.«

»Es ist mir egal, wie es passiert, denn mit dir wird es etwas Besonderes werden!«, lächelnd senkte er den Kopf und kam immer näher, doch er küsste mich nicht, sondern wisperte die Worte an meine Lippen.

»Mit uns ging alles so schnell, doch das braucht Zeit. Ich weiß, wir kennen uns schon seit Jahren und es fühlt sich auch für mich so an, als hätten wir uns schon tausende Male berührt, aber ich möchte nichts tun, was du bereuen könntest.«

»Wie sollte ich es bereuen? Das zwischen uns, das ist ...«

»... Liebe!«

»Ja, Liebe! Also, warum sollte ich es bereuen?«

»Was ist, wenn du während meiner Haft jemanden kennenlernst? Wir wissen beide nicht, wie lange ich sitzen werde. Ich kann nicht von dir verlangen, dass du auf mich wartest!«

»Julin, ich werde immer auf dich warten! Von mir aus bis in alle Ewigkeit!«, ich nahm sein Gesicht in meine Hände und zog ihn in einen Kuss, der ihm all meine Gefühle demonstrieren sollte. Das erste Mal hatten wir beide von Liebe gesprochen und nun wusste ich, dass er genauso fühlte wie ich. Vielleicht war es überstürzt, das große L-Wort in den Mund zu nehmen, doch meine Gefühle ließen sich nicht anders ausdrücken. Ich leckte ihm mit meiner Zungenspitze leicht über die Unterlippe, woraufhin er seinen Mund einen Spalt öffnete, um meiner Zunge Einlass zu gewähren. Nach mehreren Minuten lösten wir uns schwer atmend voneinander. Seine tätowierten Arme, die er neben meinem Kopf abgestützt hatte, waren angespannt und ich konnte jeden Muskel sehen. Seine Brust, die ich unter dem engen Shirt perfekt sehen konnte, hob und senkte sich in einem schweren Takt. Ein leichter Schweißfilm bedeckte seine Haut und ließ sie wahrlich glänzen. Dieser Mann war durch und durch eine Erscheinung.

»Bitte, Julin. Ich will dich so sehr und ich spüre, dass auch du mich willst!«, ich kam ihm mit meiner Mitte entgegen und konnte seine Härte deutlich spüren. Wieder bewegte ich meine Hüften leicht, nicht nur, um *ihn* damit zu erregen.

»Salo, Engel, du machst es mir so unglaublich schwer. Wie du hier liegst ... so wunderschön und perfekt. Wie mein Shirt, das dir viel zu groß ist, über die Hüften rutscht und deinen Bauch freilegt. Deine harten Nippel, die sich bei jeder Bewegung untere dem Shirt abzeichnen. Deine atemberaubenden Beine, die du besitzergreifend um mich legst. Du machst mich verrückt, aber auf eine wunderbare, anziehende Weise.«

Sobald er den Satz beendete, knallten auch schon unsere Lippen aufeinander und unsere Zungen fochten einen unaufhörlichen Kampf. Ich nahm den Saum seines Shirts in meine Hände und zog es nach oben.

Sofort richtete er sich auf und half mir dabei, ihm es auszuziehen. Ich schluckte hart, als ich seinen Körper zum ersten Mal ohne störenden Stoff sah.

Einzigartig.

Seine Brust war bis zum Hals übersät mit Tattoos, die dunkel und mystisch wirkten, doch sein Bauch war vollkommen frei davon. Nur seine Muskeln, die hervorstachen und ansehnlicher nicht hätten sein können, waren zu sehen. Vorsichtig fuhr ich sie mit meinem Zeigefinger nach. Sie waren hart, doch seine Haut war unglaublich weich. Ich wurde mutiger und nahm beide Hände an seine Brust, legte sie darauf, und streichelte in sachte, bis nach oben zu seinen breiten Schultern. Als ich ihm in die Augen sah, konnte ich die pure Lust darin erkennen und wollte mehr. Mit meinen Händen in seinem Nacken zog ich ihn wieder zu mir runter und wir küssten uns leidenschaftlich. Er fuhr mit einer Hand unter mein Shirt, sanft an meinen Seiten hoch, bis er den Ansatz meiner Brüste erreichte. Doch er umfasste sie nicht, sondern fuhr mit seinem Zeigefinger nur die Konturen nach. Eine Gänsehaut breitete sich auf meinem Körper aus und ich stöhnte leise in seinen Mund, was ihn erregt zucken ließ. Langsam zog er das Shirt höher, bis meine Brüste freilagen. Sein Blick glitt darüber, bis er mir wieder in die Augen sah.

»Salo, du … du bist … anbetungswürdig!«, er ließ seinen Kopf sinken und umschloss mit seinen vollen, warmen Lippen meinen Nippel, der automatisch noch härter wurde. Er zog mir den Stoff über den Kopf und warf ihn unachtsam zu Boden, bevor er mich leidenschaftlich küsste und seine warme Haut meine berührte. Ein völlig neues Gefühl. Nackte Haut auf nackter Haut. Ich nahm all meinen Mut zusammen und nahm den Saum seiner Short in meine Hände.

»Engel, wir sollten nicht …«

Plötzlich klopfte es an der Tür. Wir hielten in unseren Bewegungen inne und schauten zur Tür.

»Ich will euch ja nicht stören, aber Salos Telefon klingelt schon die ganze Zeit und lässt mich nicht schlafen! Ich lege es euch vor die Tür!«, Taylor, der wohl den Schlaf seiner Nachtschicht nachholen wollte, entfernte sich wieder von der Tür und wir konnten hören, wie er seine Zimmertür schloss.

»Glaubst du es sind …«

»… meine Eltern, ja. Ich wüsste nicht, wer mich sonst anrufen sollte!«

»Weißt du schon, was du ihnen sagen wirst?«

»Ich glaube, ich sage ihnen die Wahrheit. Sie können jetzt eh nichts mehr daran ändern und mich hier wegholen, würden sie niemals wagen. Sie haben selbst unser Dorf noch nie verlassen.«

»Noch nie?«

»All unsere Verwandten wohnen in der Nähe und von Urlaub haben sie noch nie viel gehalten. *Wir haben es ja zu Hause schön genug*, den Satz habe ich zu oft gehört!«, traurig und mitfühlend sah er mich an, bevor er mir einen liebevollen Kuss gab.

»Ich hole kurz dein Telefon!«, er sprang auf und ich konnte ihn endlich von hinten betrachten. Sein Rücken war ebenfalls durchtrainiert und muskulös, von oben bis unten tätowiert. Wie gerne hätte ich ihn berührt und genauer betrachtet, doch es gab grade Wichtigeres. Ich nahm das Shirt, das Julin noch wenige Minuten zuvor auf den Boden geschmissen hatte, und zog es wieder an. Mit meinen Eltern zu telefonieren und dabei nur ein Höschen zu tragen, kam mir dann doch etwas zu falsch vor.

»Hier ist es, es klingelt schon wieder!«, er gab mir mein Handy in die Hand und setzte sich nah neben mich. Ich starrte auf den Bildschirm und wusste nicht so recht, ob ich rangehen sollte.

»Ist alles okay bei dir?«, er legte seinen Arm um meinen Rücken und zog mich an seine Schulter.

»Ich habe ein bisschen Angst vor dem, was jetzt kommt.«

»Engel? Egal was jetzt kommt, ich bin bei dir! Das werde ich immer sein!«, er legte seine Hand an meine Wange und gab mir einen kurzen, aber wundervollen Kuss.

»Das bedeutet mir viel, Julin. Dann man los!«, ich nahm den Anruf an und hielt das Telefon so, dass Julin alles mithören konnte.

»Mutter?«

»Salome! Wo bist du?«

»Ich … ehm … bin in Berlin!«

»Du bist WAS? Fräulein, du kommst sofort nach Hause! Wir haben es dir verboten! Weißt du denn nicht, was dir in so einer großen Stadt alles passieren kann? Alleine, als Frau? Josef! Salome ist nach Berlin gefahren! Obwohl wir es ihr …«

»Mutter! Es reicht jetzt! Ich bin alt genug, um für mich selbst zu entscheiden! Außerdem bin ich nicht alleine!«

»Ist dieser Junge etwa bei dir?«

»Ja, ich bin bei ihm. Willst du ihn sprechen?«, wir mussten uns beide ein Lachen verkneifen, denn wir wussten, dass meine Mutter niemals einfach so mit einem fremden Mann telefonieren würde.

»Salome! Du kommst sofort nach Hause! Bei einem fremden Mann zu Hause, was sollen nur die Leute von uns denken?«

»Was die Leute denken interessiert mich nicht und ich komme auch nicht sofort nach Hause! Ist es dir denn vollkommen egal, dass es deiner Tochter zum ersten Mal richtig gut geht?«

»Das sollte dich aber interessieren, unser guter Ruf steht auf dem Spiel! Was haben wir nur in deiner Erziehung falsch gemacht? Josef, sag du doch auch mal etwas dazu!«, wir hörten ein Rascheln in der Leitung und kurz danach sprach mein Vater zu uns.

»Salome, ist das wirklich dein ernst? Du enttäuschst uns, wie nie zuvor!«

»Ich habe auf mein Herz gehört und es war genau die richtige Entscheidung!«

»Für mich ist diese Unterhaltung vorbei! Du wirst jetzt sofort nach Hause kommen und wir sprechen hier weiter, außerdem wirst du den Kontakt zu dem Jungen abbrechen! Er ist schlechter Umgang für dich!«, Julin neben mir zuckte zusammen und ich konnte spüren, dass ihm einige Sachen auf der Zunge lagen. Ich selbst wusste nicht mehr, was ich sagen sollte, denn diese Sturheit meiner Eltern machte mich sprachlos.

»Hast du mich verstanden?«

»Ja, das habe ich. Doch ich werde nicht nach Hause kommen und erst recht werde ich den Kontakt zu ihm nicht abbrechen! Wir hören uns nächste Woche!«, ich nahm mein Handy vom Ohr und legte einfach auf, atmete tief durch und schaltete es aus.

»Du glaubst nicht, wie sehr ich gehofft habe, dass du so reagierst! Ich bin stolz auf dich, Engel!«, Julin legte seine Stirn an meine und lächelte mir entgegen, was ich sofort erwidern musste. Er schaffte es, dass meine schlechte Laune innerhalb von wenigen Sekunden Geschichte war.

»Sie interessieren sich überhaupt nicht dafür, ob es mir gut geht oder nicht. Hauptsache ich bleibe keusch und mache nichts, worüber andere Leute reden könnten. Ich kann es einfach nicht mehr hören!«

»Das kann ich verstehen, aber du hast ihnen jetzt die Stirn geboten! Die nächsten Tage gehören nur uns. Komm, lass uns aufstehen und ins Hotel fahren, deine Sachen holen. Du wohnst ab sofort bei mir, keine Widerrede!«

»Die hättest du auch nicht gehört!«, schmunzelnd küssten wir uns und nahmen uns in den Arm, bevor wir aufstanden und uns für unseren kleinen Ausflug frisch machten.

Kapitel Sieben

Julin

Als wir von unserem Ausflug zurückkamen, räumte ich die gekauften Lebensmittel ein, während Salo ihren Koffer ausräumte. Zum Glück war es kein Problem, ihr Zimmer kostenfrei zu stornieren. Ich zeigte ihr noch das Haus, in dem ich aufgewachsen war, fuhr mit ihr zu meiner alten Schule und zu meinem Arbeitgeber, dem ich so einiges zu erklären hatte. Er hatte Verständnis dafür, doch wollte unser Arbeitsverhältnis nicht länger aufrechterhalten. Normalerweise hätte es mich runterziehen müssen, doch mit Salo an meiner Seite, konnte mir nichts die Laune verderben. Zudem stand für mich fest, dass ich nach der Haft zu Salo ziehen würde. Ich wollte diese Frau einfach nie wieder verlieren und wir hatten so viele Jahre nachzuholen. Die Angst, dass sie mich nach der Haft nicht mehr wollen würde, hatte sie mir genommen. Auch Taylor gesellte sich zu mir, der erst in zwei Stunden auf der Arbeit sein musste.

»Habe ich euch heute Morgen bei irgendwas gestört?«, als ich ihn ansah, lag auf seinem Gesicht ein anrüchiges Lächeln. Auch ich konnte mir ein Lächeln nicht verkneifen, denn die Erinnerung an heute Morgen, wie meine kleine, keusche Kirchenmaus unter mir lag, und mich heißer machte, als je eine Frau zuvor, war zu schön. Hätte Taylor uns nicht gestört, wüsste ich nicht, ob ich mich länger hätte zurückhalten können.

»Oh nein! Davor, mittendrin oder danach?«

»Was?«

»Wann ich euch gestört habe!«

»Ach so, davor, aber das war auch gut so. Ich will mir mit ihr Zeit lassen.«

Entsetzt und etwas belustigt sah er mich an.

»Keine Ahnung, wie sie das anstellt, aber sie macht schon jetzt einen besseren Menschen aus dir. Und einen glücklicheren obendrein.«

»Das macht sie. Sie ist ein wahrer Engel!«, den Satz noch nicht ganz ausgesprochen, stand sie schon in der Tür und schaute uns abwechselnd an.

»Von wem sprecht ihr?«, Taylor kniete sich vor sie und nahm ihre Hand.

»Von Ihnen, my Lady!«, sie lachte, als er ihre Hand küsste, doch mir wurde es zu viel. Spielerisch legte ich meinen Arm um seinen Hals und hob ihn im Schwitzkasten an.

»Nicht *my* Lady, sondern *Julins* Lady, verstanden?«, ich ließ ihn wieder frei und schlug ihm freundschaftlich gegen die Schulter.

»Schon klar, dein Mädchen!«

»Dann wäre das ja geklärt!«, ich ging zu Salo und legte meine Hände an ihre Hüfte, zog sie zu mir und presste meine Lippen auf ihre. Sofort ging sie auf die Zehenspitzen und verschränkte ihre Hände hinter meinem Nacken.

»Hast du alles ausgepackt?«

»Ja, in deinem Schrank war noch genügend Platz für meine Sachen. Hast du schon alle Einkäufe eingeräumt oder kann ich dir bei irgendetwas helfen?«

»Alles schon erledigt, aber wir können gerne zusammen kochen!«, glücklich nickte sie mir entgegen und machte sich sofort an die Arbeit. Selbst Taylor half uns, sodass wir schon innerhalb von 30 Minuten fertig waren. Nachdem Taylor und ich den Tisch gedeckt hatten und Salo die benutzen Töpfe in die Spülmaschine räumte, aßen wir gemeinsam und unterhielten uns dabei angeregt.

»Glaubst du denn, dass er lange weggesperrt wird?«

»Ich kann und möchte da eigentlich nichts zu sagen, denn im Endeffekt liegt es an der Richterin. Trotzdem haben wir gute Chancen, denn immerhin haben wir einen der besten Vertreter, die es gibt! Er kommt auch morgen schon vorbei, um mit uns alles durchzusprechen.«

»Ich werde dir jedenfalls nie vergessen, was du für mich getan hast!«, ich küsste ihre Schläfe und legte meine Stirn gegen ihre, denn ich wusste, dass sie es liebte.

Nach dem Essen räumten wir das dreckige Geschirr in die Spülmaschine, während Taylor sich für die Arbeit umzog und frisch machte. Nach wenigen Minuten verabschiedeten wir uns von ihm und gingen ins Wohnzimmer, um einen Film zu schauen. Wir legten uns wie am Vorabend auf das Sofa und folgten dem lustigen Liebesfilm, den Salo ausgewählt hatte. Als er endete und ich keine Regung von ihr vernahm, wusste ich, dass sie wieder eingeschlafen war. Doch diesmal wusste ich auch, dass sie bei mir bleiben würde, also stieg ich vorsichtig über sie, legte einen Arm in ihre Kniebeuge, den anderen unter ihren Rücken, und hob sie achtsam an meine Brust. Sie murmelte leicht vor sich hin, doch wachte nicht auf. So friedlich und süß, wie sie war, legte ich sie in *unser* Bett, wovon sie aufwachte.

»Bin ich schon wieder eingeschlafen?«

»Filme gucken macht dich scheinbar müde! Ein Kinobesuch ist für dich nur ein teurer Schlafplatz, nicht wahr?«

»Das liegt nur an dir! Du bist so warm und deine Arme sind so bequem … wie soll man da lange wach bleiben?«, sie streckte sich und stand auf; ging Richtung Bad. Ich nutze die Zeit um mich auszuziehen und ins Bett zu legen. Als sie das Zimmer wieder betrat, diesmal in kurzen Shorts und einem engen Top, musste ich mich zurückhalten, sie nicht sofort anzuspringen. Wie begehrenswert und sexy diese Frau doch war, ohne es selbst zu wissen.

Ich hob die Decke an und sofort schlüpfte sie zu mir, ganz nah an meinen Körper, sodass ich sie wieder in meine Arme schließen konnte. Ich küsste ihre Stirn, ihre Nasenspitze, ihr Kinn und danach ihren Mund, bevor sie laut gähnte.

»Tut mir leid, ich bin so unglaublich müde …!«

»Geht mir auch so! Schließ einfach deine wunderschönen Augen und träum von mir!«, wir lächelten uns entgegen und küssten uns sanft, bevor wir beide unsere Augen schlossen und sofort einschliefen.

***

»Hallo Herr Beck, mein Name ist Christopher Tulp. Ich bin Salomes Kollege und Ihr Verteidiger.«

»Hallo, schön Sie kennenzulernen. Nennen Sie mich doch bitte Julin!«, der kleine, glatzköpfige Mann sah mich freundlich an und hielt mir ein weiteres Mal seine Hand hin.

»Gut, dann gehen wir doch gleich zum Du über!«, nun begrüßte er auch Salo und man merkte, dass sie sich gut kannten.

»Ich hoffe, ihr habt einen Kaffee für mich, die Fahrt war sehr lang.«

»Natürlich, komm, wir setzen uns in die Küche!«, wir folgten Salo und setzten uns an den Tisch, während sie den frisch gebrühten Kaffee auf 3 Tassen aufteilte. Als sie sich neben mich setzte, nahm sie sofort meine Hand, die ich auf dem Tisch abgelegt hatte. Diese Geste bedeutete mir mehr, als ich hätte aussprechen können, denn vor ihrem Kollegen so zu handeln, war nicht selbstverständlich.

»Also, Chris, wie sieht es aus?«, ihre Stimme klang nicht sehr sicher und sie drückte meine Hand fester.

»Aus unserer Sicht ziemlich gut, doch aus eurer sicherlich schlecht. Wir sind deine Akte durchgegangen und deine Vorstrafen sorgen leider dafür, dass du um eine Freiheitsstrafe nicht herumkommen wirst. Doch, da wir verdammt gut sind, könnten wir es auf die Mindeststrafe von 6 Monaten schaffen!«, er zwinkerte uns lächelnd zu, doch die Nachrichten hörten sich keinesfalls freudig an. Mindestens ein halbes Jahr sollte ich von ihr getrennt werden.

»Das … das ist … gut!«, sie sah mich an und versuchte sich an einem Lächeln, doch ich konnte die Tränen in ihren Augen aufblitzen sehen. Ich legte meinen Arm um ihre Schulter, zog sie an meine Brust und drückte ihr einen Kuss auf den Scheitel.

»Was erwartet mich, wenn ihr es nicht schafft?«

»Durch die dauernde erhebliche Entstellung handelt es sich um eine schwere Körperverletzung, die aber als minder schwerer Fall angesehen wird, da er dir gegenüber handgreiflich wurde und er selbst kein unbeschriebenes Blatt ist. Im schlechtesten Fall erwartet dich also eine Freiheitsstrafe von 5 Jahren, die aber laut unserer Kenntnis nicht zustande kommen wird!«. Ein Schauer überkam mich, als ich die Ausmaße hörte. Dass er dauerhaft entstellt war, wusste ich bis zu diesem Zeitpunkt nicht. Salo merkte sofort, wie ich mich verspannte und legte ihre kleine Hand an meine Brust, wie sie es immer tat, um mich wieder runter zu bringen. Aus Erfahrung wusste ich, dass es das Einzige war, was mich beruhigen konnte.

Nach weiteren 4 Stunden, in denen wir besprachen, wie viel ich von der Tat preisgeben sollte und wie ich mich vor Gericht zu benehmen hatte, um den bestmöglichen Eindruck zu machen, verabschiedeten wir Christopher herzlich, der noch einen Freund besuchen wollte. Vollkommen ausgelaugt und mit den Nerven am Ende, ließen wir uns in unser Bett fallen.

»Salo, wie soll ich es bitte ein halbes Jahr ohne dich aushalten?«

»Wir haben es jahrelang ohneeinander ausgehalten, außerdem können wir uns doch Briefe schreiben. Lass uns erst die Verhandlung morgen früh abwarten, bis wir uns den Kopf darüber zerbrechen. Wir sollten uns jetzt ausruhen, denn morgen wird es nicht einfach werden!«, sie kuschelte sich in meine Arme, sodass wir in unserer typischen Schlafposition lagen.

»Aber wie sollen mir die Briefe *das hier* ersetzen?«, ich zog sie näher an mich und legte meine Lippen auf ihre, um sie so zart und liebevoll zu küssen, dass ich ihr ein leises Stöhnen entlockte. Ihre kleinen Finger krallten sich in meine breiten Schultern und eine Gänsehaut legte sich über meinen kompletten Körper. Ihre Berührungen waren noch immer so neu und doch so bekannt für mich.

»Julin, es bleibt uns nichts Anderes übrig, als die Zeit, die wir noch haben, zu genießen, und ich verspreche dir, dass du mich den Rest meines gesamten Lebens so küssen darfst! Wir schaffen das … gemeinsam!«, wieder musste ich die Lippen küssen, aus denen diese wundervollen Worte kamen. Höhenflüge der Extraklasse waren mit ihr noch untertrieben.

Kapitel Acht

Salome

Als der Wecker klingelte und ich meine Augen öffnete, sah ich sofort die schönsten schwarzbraunen Augen, die es auf dieser Welt gab.
»Endlich bist du wach!«
»Was heißt denn hier *endlich*? Wie spät ist es?«
»Noch früh genug, keine Sorge. Wir haben noch genug Zeit um uns frischzumachen und ausgiebig zu Frühstücken!«, perplex sah ich ihn an, denn die gute Laune, die er mir entgegenbrachte, hätte ich nicht erwartet.
»Julin, warum bist du so glücklich?«
»Dein Chef hat eben bei mir angerufen, da du dein Telefon noch ausgeschaltet hast, und sagte mir, dass ich, falls es zu einer Haftstrafe kommen sollte, schon nächste Woche damit beginnen kann …!«
»Und was, um Himmels willen, ist daran so toll?«
»Er hat deinen Urlaub erweitert, sodass wir die letzten Tage gemeinsam verbringen können! Natürlich nur, wenn du das auch willst!«, meine Augen wurden größer und ich konnte ein breites Grinsen nicht mehr aufhalten. Sofort sprang ich auf und hüpfte auf dem Bett auf und ab.
»Das ist ja großartig! Also, nicht, dass du wahrscheinlich schon nächste Woche in den Knast gehst, versteht sich!«

»Ja, ich freue mich auch riesig! Das macht alles etwas besser! Und jetzt komm her, du Flummi!«, er griff nach meiner Hand und zog mich mit einem Ruck auf ihn, was mir einen schrillen Schrei entlockte. Wir kamen aus dem Lachen nicht mehr raus, als auch schon Taylor an der Tür klopfte.

»Darf ich reinkommen oder ist zu viel nackte Haut im Spiel?«

»Komm ruhig rein!«, ich rief ihm zu und setzte mich neben Julin. Sofort öffnete sich die Tür und Taylor steckte seinen Kopf durch den Spalt.

»Warum, verdammt noch mal, seid ihr so glücklich?«, wieder mussten wir lachen, denn die Frage war berechtigt.

»Komm, das erklären wir dir beim Frühstück!«

***

»Bitte erheben Sie sich. Im Name des Volkes ergeht folgendes Urteil: Der Angeklagte, Julin Beck, ist schuldig der schweren Körperverletzung in einem minder schweren Fall und wird zu einer Freiheitsstrafe von 6 Monaten sowie zu den Kosten des Verfahrens, verurteilt. Die Freiheitsstrafe wird nicht zur Bewährung angesetzt und ist innerhalb der nächsten zwei Wochen anzutreten.«

Mein Herz setzte einen Schlag aus. Vielleicht auch zwei. Die Schweißperlen auf meiner Stirn liefen meine Wangen herab und meine Augen füllten sich mit Tränen. Julin drehte sich zu mir um und eine Träne löste sich aus seinem Augenwinkel. Sein Blick war so herzzerreißend und traurig, dass ich nicht mehr an mir halten konnte. Auch wenn es die Mindeststrafe war, konnte ich nicht glauben, dass wir uns das nächste halbe Jahr nicht sehen sollten. Ich folgte den anderen Anwesenden hinaus und wartete auf Julin und Christopher, der wirklich ganze Arbeit geleistet hatte. Julins Mutter, die während der Verhandlung öfters in Tränen ausgebrochen war, natürlich nur wegen ihres Mannes, lief an mir vorbei und hatte ein glückliches Lächeln auf dem Gesicht. Wie konnte eine Mutter nur so sein? Wie konnte eine Mutter einen anderen Menschen mehr lieben, als ihr eigenes Kind? Auch ihr Mann, Julins Stiefvater, der wirklich schwer entstellt aussah, ging feierlich pfeifend aus dem Gerichtssaal. Zitternd stand ich noch immer vor der Tür und wartete auf die Liebe meines Lebens. Kurz darauf kam er schnellen Schrittes auf mich zu.

»Engel, ein halbes Jahr! Ein verficktes, halbes Jahr! Wie … wie soll ich das nur aushalten? Ich habe dich doch grade erst … ich kann nicht …«, er brach in Tränen aus und fiel mir in die Arme, auch ich konnte meine Tränen nicht mehr zurückhalten.

»Julin, alles wird gut. Ich schreibe dir und komme dich sooft besuchen, wie ich kann und darf!«, er stellte sich etwas auf und nahm mein Gesicht in beide Hände, strich mit seinen Daumen meine Tränen von den Wangen.

»Wirst du … wirst du auf mich warten?«

»In jeder Sekunde! Wenn es sein muss ein Leben lang!«, ich wischte auch seine Tränen weg und wir lächelten uns das erste Mal nach vielen aufregenden Stunden an.

»Lass uns nach Hause gehen und die nächsten Tage genießen!«, ich nahm die Hand dieses unglaublich attraktiven Mannes in dem eng anliegenden Anzug und ging mit ihm aus dem Gerichtssaal.

Nachdem wir uns bei Christopher bedankt und verabschiedet hatten, fuhren wir nach Hause und erzählten Taylor von der Verhandlung, da er leider nicht dabei sein konnte. Ich kochte währenddessen Julins Lieblingsgericht und nach gut einer Stunde aßen wir zusammen.

»Wenn du hier in Berlin bist, um Julin zu besuchen … komm nicht auf die Idee, dir ein Hotelzimmer zu buchen! Du bist hier jederzeit herzlich willkommen!«

»Danke, Taylor! Das Angebot werde ich gerne in Anspruch nehmen!«

»Aber sie schläft *alleine* in *unserem* Bett, ist das klar?«, Julin sah gespielt ernst zu Taylor, der sofort lachend zustimmte. Wir plauderten noch einige Zeit, gingen danach im nahe gelegenen Park spazieren und sahen uns am Abend einen Film an. Taylor, der an diesem Tag frei hatte, gesellte sich zu uns und wir sahen einen weiteren Film, bevor wir müde ins Bett fielen.

»Ich bin so froh, dass ich nicht schon morgen wieder abreisen muss.«

»Dann würde ich die Woche wohl überhaupt nicht überstehen! Das wird ein sehr langes halbes Jahr …«

»Das wird es, aber ich werde dich sooft besuchen kommen, wie ich darf, und schreiben, sooft ich kann! Vielleicht wird es nicht immer einfach werden, aber wir haben jetzt noch 6 Tage Zeit, um dir Kraft und wunderschöne Erinnerungen zu geben, an die du immer zurückdenken kannst!«, ich nahm all meinen Mut zusammen und wagte einen neuen Versuch. Seit dem letzten Mal ging es mir nicht aus dem Kopf, denn ich wollte ihn mehr als alles andere auf der Welt. Ich legte meine Hände auf seine Brust und drückte ihn zurück, sodass er ausgestreckt auf der Matratze lag. Als ich mich langsam auf ihn legte und anfing, seinen Hals zu liebkosen, spannte sich sein Körper für einen kurzen Augenblick an.

»Salo, ich werde auch heute nicht mit dir schlafen!«, schon fast trotzig sah ich ihn an, was ihn schmunzeln ließ.

»Aber … aber warum nicht? Findest du mich nicht …?«, sein Zeigefinger legte sich auf meinen Mund und er hinderte mich daran, die Worte auszusprechen.

»Denk noch nicht mal dran! Du glaubst gar nicht, wie gern ich jetzt über dich herfallen würde, aber ich werde es nicht tun.«

»Dann nenn mir einen Grund!«

»Weil …«, er sah weg und sprach nicht weiter.

»Bitte!«, ich nahm sein Gesicht in meine Hände und drehte seinen Kopf zurück in meine Richtung, sodass er mir in die Augen sehen musste.

»Weil ich Angst habe, Salo! Weil ich eine scheiß Angst habe, dass ich dich verletzen könnte … dir wehtun könnte …!«

»Das wirst du nicht!«

»Woher willst du das wissen?«

»Weil du mich nicht verletzen kannst! Du bist der Mensch, der meine Wunden heilt, nicht derjenige, der sie verursacht. Du bist so groß, kräftig und stark, trotzdem einfühlsam und sanft. Du wirst mich niemals verletzten, Julin, niemals!«, meine Lippen knallten hart auf seine. Sobald unsere Zungenspitzen sich berührten, schossen Blitze durch meinen ganzen Körper und der Kuss wurde so leidenschaftlich, dass ich das Gefühl hatte, meinen Verstand zu verlieren.

»Bitte Julin … ich brauche dich …«, ich nahm den Saum meines Tops in die Hand und zog es langsam nach oben, ließ es daraufhin achtlos zu Boden fallen. Sein Blick glitt über meinen Körper und wieder zurück in meine Augen.

»Du bist dir sicher?«

»Mehr als je zuvor!«, er legte seine großen Hände an meinen Rücken und in meinen Nacken, bevor er mich so drehte, dass ich unter ihm lag. Seine Lippen, die sich grade noch an meinen befanden, spürte ich nun auf meinem ganzen Körper. Er liebkoste meinen Hals, meine Brüste, meinen Bauch. Jede geküsste Stelle kribbelte. Jede Berührung brannte sich ein. Meine Atmung ging nur noch stoßweise und an seiner Brustbewegung konnte ich erkennen, dass es ihm nicht anders ging. Als er sich hinkniete, um sein Shirt auszuziehen, folgte ich ihm und fuhr mit meinen Händen über seine nackte, leicht schweißbedeckte Haut. Mit den Fingern zeichnete ich die Linien seiner Tattoos nach. Ein leises Stöhnen entkam ihm und riss mich aus meiner verträumten Spielerei. Kurz schauten wir uns in die Augen, bevor er seine Hand in meinen Haaren vergrub und mich in einen leidenschaftlichen, wilden Kuss zog. Ich konnte seine Härte an meiner Mitte spüren und ließ meine Hüften kreisen. Alles fühlte sich so neu, *so gut* an, und ich wollte mehr. Als hätte er mich gehört, hakte er zwei Finger in meine Shorts und zog sie zaghaft von meinen Hüften, streifte sie von meinen Beinen und ließ sie ebenfalls zu Boden fallen. Nun lag ich vor ihm, wie Gott, oder wer auch immer, mich schuf. Er hob mein Bein an, küsste und streichelte sich langsam vor, bis er meine Hitze erreichte. Ein lautes Keuchen entkam mir, als er seine Lippen auf meine Mitte legte und mich vorsichtig verwöhnte. Ich konnte ein Stöhnen nicht mehr zurückhalten, denn das war so viel besser, als alles, was ich bisher kannte.

Als er sich weiter nach oben küsste, nutze ich die Chance, um ihm seine Shorts abzustreifen. Er half mir dabei und lag nur wenige Augenblicke später ebenfalls nackt über mir. Er stütze sich mit einem Ellenbogen neben meinem Kopf ab und legte die andere Hand an meine Wange.

»Sag mir bitte sofort Bescheid, falls ich dir auf irgendeine Weise wehtue. Das könnte ich mir niemals verzeihen, Salo!«, ich konnte nur noch nicken, denn mein Mund war vor Aufregung staubtrocken. Sein Daumen fuhr sachte über meine Wange, als er mich liebevoll küsste und sein Becken vorschob. Ich konnte die Spitze seiner Härte an meiner Mitte spüren und krallte meine Hände in seinen Nacken. Langsam und vorsichtig schob er sein Becken weiter nach vorne, drang in mich ein, Zentimeter für Zentimeter, sah mir dabei ununterbrochen in die Augen. Seine Muskeln waren angespannt und ich konnte jede Sehne genauestens sehen.

Was ein göttlicher Anblick.

Er hielt sich für mein Wohl zurück und es fiel ihm sichtlich nicht leicht. Er drang immer weiter in mich ein, die Dehnung wurde stärker, doch es war nicht schmerzhaft, sondern angenehm und erregend. Die Gefühle übermannten mich, als er mich komplett ausfüllte. Auch seinen Mund verließ ein tiefes, heiseres Stöhnen und sein Blick sagte mir, dass er es genauso genoss wie ich.

»Ist … alles … okay?«, er wisperte die abgehakten Worte an meine Lippen.

»Ja, Julin, ich brauche mehr …«, ich hauchte ihm die Worte zu und küsste ihn leidenschaftlich, bis er sich endlich in mir bewegte. Beide stöhnten wir erregt und genossen es, endlich auch auf diese Weise verbunden zu sein. Ihn dabei zu beobachten, wie er seinen Körper auf meinem bewegte, heizte mich noch mehr an. Ich spürte seine Hände überall auf meinem Körper, seine Lippen an meinem Hals und seinen Atem, der mir eine Gänsehaut bescherte, sobald er meine Haut streifte.

»Salo, du fühlst dich so gut an!«, sein Stöhnen wurde lauter und auch ich spürte etwas in mir, das meinen Kopf abschaltete und meinen Körper sprechen ließ. Eine Bombe, die explodieren wollte. Ein Feuer, das entfacht werden wollte. Und plötzlich, als ich schon fast verrückt wurde, überkam mich dieses Gefühl. Ich kralle mich in Julins Rücken und stöhne meine Lust hinaus, denn dieser warme Schauer, der mir mehrmals durch den Körper fuhr, war kaum auszuhalten und doch wunderschön. Auch Julin wurde immer lauter, wilder und härter, bis ich etwas in mir pulsieren spürte. Ich öffnete die Augen und sah direkt in seine. Die pure Lust und unbeschreibliche Zufriedenheit lagen darin.

»Was …«, noch vollkommen durch den Wind, brachte ich nicht mehr heraus, als dieses kleine Wort.

»Das war Sex … verdammt großartiger Sex. Eigentlich der Beste, den ich je hatte!«, vollkommen außer Atmen küsste er meinen Mund, meine Nase und meine Stirn; schmunzelte mir glücklich entgegen.

»Hat es dir wehgetan?«

»Sah ich etwa so aus? Das war … fantastisch!«, wir schmunzelten beide, bis Julin sich neben mich legte und mich in seine Arme zog, wie jede Nacht. Still lagen wir da, genossen die Zweisamkeit und dieses noch immer kribbelnde Gefühl. Als ich meine Augen schon geschlossen hatte und kurz vor dem Einschlafen war, hörte ich Julins leises Flüstern.

»Salo?«

»Mh?«

»Ich liebe dich! Habe ich schon immer …!«, ich öffnete die Augen und eine Träne rollte meine Wange hinab.

»Ich liebe dich auch, Julin. Das habe ich immer und das werde ich auch immer!«

Kapitel Neun

Julin

Ich lag noch einige Minuten wach, nachdem Salo eingeschlafen war, und betrachtete ihr schönes Gesicht. Die kleine Stupsnase, die ich so gerne küsste, die vollen Lippen, in die ich gerne biss, und ihre rosaroten Wangen, die ich beim Küssen so gerne festhielt. Ich wollte mir jeden Gesichtszug, jede Mimik, genau einprägen, denn ich würde sie die nächsten Monate nicht oft betrachten können. Doch genau diesen Augenblick werde ich wohl nie vergessen. Ich hatte nicht nur den besten Sex meines Lebens mit der anbetungswürdigsten Frau der Welt, Salo hatte auch noch die drei kleinen Worte gesagt, die ich noch nie zuvor von einer Frau gehört hatte. Noch nicht einmal von meiner Mutter.

Als ich am nächsten Morgen aufwachte, spürte ich schon, dass der kleine warme Körper neben mir fehlte. Ich riss die Augen auf und verfiel schon fast in Panik, als die Schlafzimmertür geöffnet wurde und Salo mit zwei Tassen Kaffee reinkam.

»Engel, du hast mir einen verdammten Schrecken eingejagt!«

»Tut mir leid, aber ich wollte dich nicht wecken!«

»Salome Rosenberg, du bist zu gut für diese Welt!«, sie stellte die beiden Tassen auf den Nachttisch und ließ sich von mir aufs Bett ziehen.

»Guten Morgen, kleine Elfe!«, ich schloss sie in meine Arme und küsste sie liebevoll.

»Guten Morgen, Traummann!«, auch sie gab mir einen liebevollen, doch flüchtigen Kuss, drehte sich danach um, und nahm die Kaffeetassen auf. Sie reichte mir eine und kurze Zeit saßen wir nur dort und genossen das heiße Getränk.

»Hast du gut geschlafen?«

»Sehr gut, obwohl ich nicht direkt einschlafen konnte. Mir ging noch so viel durch den Kopf, aber irgendwann hat die Müdigkeit dann doch gesiegt.«

»Was ging dir denn durch den Kopf?«

»Das Urteil, der Haftantritt, meine Mutter … Du …«

»Ich?«

»Natürlich, du bist die Hauptrolle meiner Gedanken!«, glücklich strahlte sie mir entgegen und nahm noch einen Schluck von ihrem Kaffee.

»Und was ist mit deiner Mutter? Worüber hast du nachgedacht?«

»Mir ist so einiges klar geworden, was ich in meinem tiefsten Inneren wohl schon immer wusste. Weißt du, jedes Mal, wenn ich meine Mutter besucht habe, hat sie mich nach ein wenig Geld gefragt. Ich habe ihr immer etwas gegeben, hatte immer das Gefühl, dass ich sonst ein schlechter Sohn wäre. Ich glaube, sie hat nur deswegen meine Besuche gewollt.«

»Das fällt mir nicht leicht es zu sagen, aber ich denke auch so. Hast du sie beobachtet, als es vor Gericht um das Schmerzensgeld ging? Sie hat gelächelt, Julin.«

»Ja, das habe ich gesehen und ich glaube, dass mir genau in diesem Moment klar wurde, dass sie immer nur mein Geld wollte. Ich habe mir nie etwas dabei gedacht, aber ich war nie lange bei ihr, da sie immer eine Ausrede fand, warum ich früher gehen musste.«

»Das hast du nicht verdient!«, sie kuschelte sich noch näher an meine Brust und schenkte mir mit dieser Geste so viel Kraft.

»Niemand hat das verdient, Salo. Aber weißt du was? Taylor und du, ihr seid mehr Familie für mich, als meine Mutter es jemals war! Und jetzt machen wir uns keine Gedanken mehr darüber, denn sie ist die Vergangenheit und du bist meine Zukunft!«

»Und was hast du die nächsten Tage mit deiner *Zukunft* vor?«, wieder zeichnete die verträumt meine Tattoos nach, was mir eine Gänsehaut am ganzen Körper bescherte. Ich nahm ihre Hand, küsste sie und hielt sie über ihrem Kopf fest, als ich mich nach vorne beugte, lasziv lächelte und ganz nah an ihre Lippen sprach.

»Ich hätte da schon so eine Idee …!«

6 Tage später …

Wir standen vor der JVA und wussten alle nicht genau, was wir sagen sollten. Salo hatte schon den ganzen Morgen Tränen in den Augen, doch ich merkte, dass sie für mich stark bleiben wollte. Schon die ganzen letzten Tage war sie diejenige, die mich aufgebaut hat, obwohl ich der Stärke von uns beiden sein sollte. Auch Taylor, der sonst immer gut gelaunt war, sah blass und traurig aus. Ich hielt meine kleine Elfe die ganze Zeit im Arm, denn ich wollte mir so viel Wärme und Liebe mitnehmen, wie es nur ging, wollte mich nicht von ihr trennen. Wir hatten uns doch grade erst gefunden, wie sollte ich es auch nur eine Minute ohne sie aushalten? Und das auch noch nach so intensiven, liebevollen Tagen, in denen wir es manchmal nicht aus dem Bett geschafft haben.

»Da hinten kommt dein Abholservice, mein Freund!«, Taylor legte seine Hand auf meine Schulter und nickte mir aufmunternd zu. Ich nahm ihn brüderlich in den Arm, doch ließ Salos Hand nicht los.

»Ich kümmere mich um alles, mach dir keine Sorgen. Rufst du zwischendurch mal an?«

»Danke, Taylor, das mache ich!«, nach einer weiteren Umarmung drehte ich mich zu Salo, die nun noch mehr mit ihren Tränen kämpfte.

»Engel ... ich werde dich vermissen!«, ich nahm sie in den Arm, woraufhin sie ihre Arme um meinen Rücken legte.

»Du wirst mir auch fehlen! Pass gut auf dich auf, verstanden?«

»Das werde ich! Ich liebe dich, Salo!«

»Und ich liebe dich, Julin! Wir haben es 8 Jahre geschafft, was sind da 6 Monate?«, sie versuchte sich an einem Lächeln, was ihr ausgesprochen gut gelang und welches ich nur erwidern konnte. Unter ihrem Blick schlug mein Herz noch schneller und ich wusste, dass ich sie so in Erinnerung behalten würde!

***

»Tobias, das ist Julin, dein neuer Mitbewohner.«

Ich wurde in eine kleine Zelle gebracht, die bloß aus zwei Betten, einem kleinen Tisch mit zwei Stühlen, zwei schmalen Schränken, einem Waschbecken und einer schmalen Tür bestand, hinter der sich eine Toilette befand. Ein Fernseher hing an der Wand und ein Radio stand auf dem Tisch, worüber ich mich verdammt freute. In der Untersuchungshaft hatte ich solch einen *Luxus* nicht.

Ich ging in die Zelle, bevor der Wärter die Tür schloss und sofort strömte mir ein unangenehmer Geruch in die Nase.

Stickig, nach Zigarettenqualm und Scheiße.

Tobias, ein kleiner, dürrer Kerl, stand auf und hielt mir seine Hand hin. Er ging mir höchstens bis zum Kinn und musste seinen Kopf in den Nacken legen, um mich anzusehen.

»Drogenkonsum, Drogenhandel und mehrfacher Diebstahl. 18 Monate insgesamt, 7 bin ich schon hier.«

»6 Monate für schwere Körperverletzung.«

Ich schlug in seine Hand ein und wir nickten uns freundlich zu. Die Tür wurde wieder geöffnet und ein Wärter reichte mir meine Sachen, die ich mitnehmen durfte. Eine Jeans, drei Shirts, Boxershorts, Socken sowie eine Jogginghose. Auch die Bilder von Salo und mir, die wir in den letzten Tagen gemacht hatten, lagen obendrauf.

»Gestern war hier ganz schön was los, als alles für deine Ankunft vorbereitet wurde.«

»Vorbereitet?«

»Ja, die haben mich total überrumpelt! Ich wusste nicht, dass ich wieder einen dazu bekomme, und auf einmal stehen hier drei Wärter, tauschen das Bett aus, hängen einen Fernseher auf und stellen ein Radio hier hin! Guck dir mal deine Matratze an! Keine Flecken oder Vertiefungen! Wie neu!«, perplex schaute ich mich um und stellte fest, dass mein Bett viel größer und breiter war als seins.

»Der Fernseher ist dir gar nicht?«

»Nein, aber du kannst dir nicht vorstellen, wie sehr ich mich gestern gefreut habe! Du wusstest nichts davon?«

»Ich hatte keine Ahnung!«

»Dann scheinst du ziemlich gute Freunde da draußen zu haben!«, sofort musste ich an Salo denken und hatte Arbeit damit, die aufkommenden Tränen wegzublinzeln. Ich drehte meinen Kopf zur Seite, damit er den kleinen Gefühlsausbruch nicht mitbekam, und konzentrierte mich auf die Fernbedienung, die auf seinem Bett lag.

»Ich ... muss dir auch beichten, dass ich ihn gestern schon benutzt habe. Die Versuchung war einfach zu groß, ich hoffe, du bist deshalb nicht sauer!«, er eilte zu seinem Bett, gab mir die Fernbedienung und hatte blanke Panik in den Augen. Durch meine Statur und mein Aussehen wirkte ich schon immer sehr einschüchternd auf andere.

»Schon gut, ich hätte es auch so gemacht. Welcher Schrank gehört mir?«, er lächelte mich an und zeigte auf den linken Schrank. Sofort räumte ich meine Sachen ein, bezog mein Bett und klemmte die Fotos an mein Kopfteil, sodass ich sie jeden Abend vor dem Einschlafen und jeden Morgen vor dem Aufwachen sehen konnte.

»Wow, die ist aber schön. Ist das deine Freundin?«

»Ja, das ist sie. Unglaublich, oder?«

»Ich will dir jetzt nicht zu nahetreten, aber sie sieht aus wie die Unschuld vom Lande, während du eher aussiehst, als würdest du … naja … *hierhin* gehören.«

»Sie sieht nicht nur so aus, sie *ist* die Unschuld vom Lande.«

»Wie, mein lieber Mithäftling, bekommst du denn bitteschön *so* ein Mädchen ab?«, ich ließ mich auf mein Bett fallen und nahm ein Foto von ihr in die Hand; musste sofort lächeln.

»Das ist eine sehr lange Geschichte!«

»Dann schieß mal los, ich habe viel Zeit!«

Kapitel Zehn

Salome

»Und das soll alles in mein Auto passen?«, ich sah Taylor fragend an, denn er hatte so viele Kisten und Kartons vor mein Auto gestellt, das es kaum noch zu sehen war.

»Natürlich! Ich war früher der Meister im Tetris spielen, beobachte und staune!«, er öffnete die Hintertür und klappte die Sitze um, fing danach an, alles einzuräumen. Schon vor wenigen Tagen haben wir angefangen, Julins Sachen für den Umzug zu packen, damit ich bei jedem Besuch etwas mitnehmen konnte. Er wollte nach seiner Haft keine Sekunde länger in Berlin bleiben und sofort mit zu mir kommen, was mir sehr gut gefiel. Obwohl Taylor sehr traurig darüber war, freute er sich für uns und versprach, dass er uns oft besuchen kommen würde.

Als Taylor den letzten Karton einräumte, staunte ich wirklich nicht schlecht, da er alle Pakete so eingeräumt hatte, dass ich trotzdem noch alles durch den Rückspiegel sehen konnte. Die Verabschiedung fiel uns beiden schwer und wir versprachen uns, dass wir mindestens ein Mal wöchentlich telefonieren. Ich stellte mein Navigationsgerät auf *zu Hause* ein und fuhr los. Jeder Zentimeter, den ich mich von Julin und seiner Heimat entfernte, schmerzte.

Zu Hause angekommen nahm ich meinen Koffer aus dem Auto und räumte die dreckige Wäsche in die Waschmaschine, bevor ich mich unter die Dusche stellte und genoss, wie das warme Wasser auf meinen Körper prasselte. Als ich gestern das letzte Mal Duschen war, stand ich nicht alleine unter dem Wasserstrahl. Die Erinnerung daran bescherte mir eine Gänsehaut und ließ einen warmen Schauer durch meinen Körper fahren. Niemals hätte ich gedacht, dass ich einmal so verrückt nach Sex werden würde, doch mit Julin könnte ich den ganzen Tag nichts Anderes tun. Er war so einfühlsam, so zärtlich, wusste immer genau, was ich brauche.

Noch lange nach der Dusche, hing ich dem Gedanken an Julin nach und setzte mich wie vor grade mal 3 Wochen alleine auf mein Sofa, mit einem Glas Wein und meiner Lieblingsschokolade. Auf der Fahrt dachte ich genau an diesen Moment, denn ich wünschte mir schon immer, dass ich irgendwann nicht mehr alleine hier sitzen würde. Doch mit niemandem hätte ich es mir vorstellen können, war immer lieber alleine, aber Julin war die Ausnahme. Meine Ausnahme. Ich wollte gar nicht mehr alleine sein. Nicht eine Sekunde.

Es klingelte an der Tür. Ich stand auf und wusste insgeheim schon, dass es nur meine Eltern sein konnten. Ich bekam nie Besuch, vor allem nicht um diese Zeit. Ich öffnete die Tür und sah in zwei wütende Gesichter, die sich sofort an mir vorbeidrängelten, um ins Wohnzimmer zu gehen. Sie setzten sich auf mein Sofa und warteten scheinbar darauf, dass ich es ebenso tat.

»Salome, bist du von allen guten Geistern verlassen? Was fällt dir ein, dich so gegen das Wort deines Vaters und mir zu stellen?«, in einem ruhigen Ton sprach sie die Worte aus, denn meine Mutter würde nie einfach so aus ihrer Haut fahren.

»Mutter, ich bin alt genug, um für mich alleine zu entscheiden. Ich habe einen Job, ein eigenes Haus, ein eigenes Auto. Warum darf ich nicht auch meinen eigenen Kopf haben?«

»Den darfst du haben, doch einfach so abzuhauen, in eine große, fremde Stadt, ganz alleine. Das war unvernünftig und gefährlich, Salome! So etwas sieht dir überhaupt nicht ähnlich, du warst doch immer so ein gutes Mädchen! Dieser Mann scheint einen wirklich schlechten Einfluss auf dich zu haben!«

»Wie kannst du so etwas behaupten, wenn du ihn doch überhaupt nicht kennst? Außerdem habe ich euch gesagt, dass ich wegfahren werde, aber ihr habt vollkommen überreagiert!«

»Überreagiert? Wir waren besorgt!«

»Besorgt weswegen? Das ich alleine nicht klarkomme? Glaubt mir, ich war mein ganzes Leben schon alleine, ich weiß, wie ich damit umgehen muss!«

»Salome, wir wissen, dass du nie viele Freunde hattest …«

»Keine Freunde!«, meine Mutter ignorierte meinen Einwand, während mein Vater laut seufzte.

»… und wir haben uns immer gewünscht, dass du mehr Kontakt zu den Kindern der Kirchengemeinde knüpfst. Du warst nicht umsonst im Kirchenchor und in der Leserunde.«

»Man kann Kindern eben keine Freundschaft aufzwingen und ich habe es gehasst, einmal die Woche dorthin zu gehen. Aber das war euch auch damals schon egal. Euch war es immer nur wichtig, dass wir vor anderen Leuten die absolute Vorzeigefamilie waren!«

»Salome! Jetzt reicht es aber! So sprichst du nicht mit deiner Mutter!«, mein Vater, der mittlerweile einen hochroten Kopf hatte, beteiligte sich auch endlich an der Auseinandersetzung.

»Ich spreche nicht mit *ihr* so, ich spreche mit *euch* so. Es tut mir wirklich leid, aber ich wäre jetzt gerne alleine!«, ich stand auf und ging Richtung Haustür, die ich sofort aufmachte und wartete. Nach wenigen Momenten kamen auch meine Eltern dazu.

»Salome, bitte lass dir das alles noch mal durch den Kopf gehen, mit dem Mann. Du wirst auch hier jemanden finden, vielleicht sogar jemanden aus dem Kirchenkreis!«

»Mutter, ich möchte aber keinen anderen finden, denn er ist der tollste Mensch, den ich kenne. Er tut mir gut, macht mich glücklich, und das schon seit Jahren. Wenn ihr das nicht akzeptieren könnt, dann geht bitte. Ich brauch jetzt Ruhe.«

Ich hielt die Klinke noch immer in der Hand und machte mit meinem Arm eine Bewegung nach draußen. Sie sahen sich kurz an, schauten an mir vorbei, und gingen. Tränen brannten sofort in meinen Augen, doch nicht vor Trauer, sondern vor Wut.

Ich ging zurück in mein Wohnzimmer, steckte mir gleich zwei Stücke Schokolade in den Mund, nahm mein

Briefpapier und einen Stift, setzte mich damit aufs Sofa und begann zu schreiben.

Mein liebster Julin,
jetzt bin ich wieder zu Hause und fühle mich allem so fremd. Das Haus kommt mir größer vor als zuvor und ich fühle mich zum ersten Mal richtig alleine. Die Wärme, die ich noch vor wenigen Stunden spüren konnte, ist weg. Doch die Erinnerungen an die letzten Tage bescheren mir bei jedem Gedanken eine angenehme Gänsehaut, denn du hast mein Leben auf die perfekteste Art und Weise verändert. Ich kann es gar nicht erwarten, dich endlich bei mir zu haben. Dir alles zu zeigen, was ich dir bisher nur beschreiben konnte. Ich freue mich sogar darauf, dich meinen Eltern vorzustellen, denn sie wollen einfach nicht akzeptieren, dass wir zusammen sind. Doch wenn sie dich kennenlernen, werden sie ihre Meinung schnell ändern. Sie müssen nur sehen, was du für ein toller Mensch bist und wie glücklich du mich machst.
Ich hoffe, dass ich dir mit meinen kleinen Geschenken deine Zeit etwas verschönern kann. Der Fernseher und das Radio sollen dir die Zeit vertreiben, das Bett soll dafür sorgen, dass du bequem liegst, während du von mir träumst. Ich habe dir auch etwas Geld auf dein Konto überwiesen, mit dem du Anrufe tätigen oder dir etwas kaufen kannst. Taylor sagte auch, dass du damit Briefpapier, Umschläge und Briefmarken kaufen kannst, doch da wir uns nicht sicher waren, habe ich dir alles zu meinem Brief dazugelegt. Ach, Taylor möchte ab jetzt nur noch der ‚Tetrismeister' genannt werden, da er mein Auto so gut gepackt hat, dass mindestens schon ein Drittel deiner Sachen hier sind. Jedenfalls freue ich mich schon darauf, alles einzuräumen und für deinen Umzug vorzubereiten. So kann ich mir auch gut die Zeit

vertreiben, denn auch, wenn es erst wenige Stunden sind … es fühlt sich an wie ein halbes Leben.
Ich vermisse dich mehr, als ich es mir je hätte vorstellen können, und kann es kaum erwarten, etwas von dir zu hören. Bleib stark und pass auf dich auf!
xoxo
Deine Salo

Ich packte alles zusammen und klebte den großen Umschlag zu, in der Hoffnung, dass er Julin schnell erreichen würde. Doch ich wusste auch, dass jeder Brief, der die JVA erreicht, geprüft wird, sodass er später ankommen wird, als erwartet. Aber besser spät als nie.

***

Müde und mit stechenden Kopfschmerzen kam ich von der Arbeit nach Hause. Die Papierberge auf meinem Schreibtisch waren wirklich so groß, wie ich es mir vorgestellt hatte, und ich würde noch Tage brauchen, alles wegzuarbeiten. Auch, dass ich in der Nacht kaum geschlafen hatte, setzte mir zu. Mir fehlten einfach die großen, starken Arme, die mich sicher festhielten. Den Brief hatte ich schon am Morgen auf der Post abgegeben, natürlich per Einschreiben, denn ich wollte sichergehen, dass er auch ankommt. Ich setzte mich vor die Unmengen an Kartons, die ich noch gestern Abend ausgeräumt hatte, und fing an, einen nach dem anderen aufzupacken. In den ersten Kartons befand sich Kleidung, die ich sofort ins Schlafzimmer trug und in den großen Schrank einräumte, der mir alleine sowieso viel zu groß war. Auch wenn ich immer gut gekleidet war, hatte ich nicht übermäßig viele Sachen. Wenn ich mir neue Sachen bestellte oder ausnahmsweise Mal Shoppen ging, sortierte ich danach meist ein paar Kleidungsstücke aus, die ich länger nicht getragen hatte, und gab sie in unseren Secondhandladen. Ich ging wieder nach unten und packte weitere Kartons aus. In den Nächsten zwei waren nur Schuhe, die zum Glück, trotz Größe 48, in den Schuhschrank passten. Auch diese waren schnell verstaut und ich konnte mich dem nächsten Karton widmen. Ich öffnete ihn und sofort stieg mir Julins Duft in die Nase. Sein Parfum, sein Duschgel, sein Aftershave. Ich stellte alles ins Bad und widmete mich den letzten beiden Kartons. Erst öffnete ich den kleineren, in dem sich Bilder, Schmuck und Unterlagen befanden. Ich nahm mir einige Minuten Zeit und begutachtete die Fotos, die meistens ihn und Taylor zeigten, doch ein Bild war anders als die anderen. Julin stand auf einem Berg, angelehnt an einen Baum, und schaute verträumt in den Himmel. Es musste ein Schnappschuss sein, denn so ein Bild konnte man nicht stellen. So losgelöst, so frei. Ich stand auf und ging zu meinem Esszimmerschrank, in dem ich meine Bilderrahmen aufbewahrte, und fand auf Anhieb einen perfekten Rahmen für das Foto, das ich sofort auf meinen Nachttisch stellte.

Wieder im Flur angekommen, widmete ich mich der letzten Kiste. Es war die Größte von allen und nicht wie die anderen aus Karton, sondern aus Plastik. Ich hob den Deckel an und schluchzte sofort auf.

101

Briefe. Hunderte von Briefen, alle an Julin adressiert. Mit meiner Handschrift.

Tränen liefen meine Wangen herab, als ich realisierte, dass nicht nur ich seine ganzen Briefe aufbewahrte. Ich stellte die Kiste genau neben meine, die ungefähr dieselbe Größe hatte, und nahm mir einige Briefe raus. Auch er schien keine besondere Ordnung zu haben und ich beschloss, dies zu ändern. So würde ich meine Zeit gut überbrücken können.

Kapitel Elf

Julin

Drei Wochen. Drei *verdammte* Wochen saß ich nun schon in Haft und es kam mir vor, als wären es schon Monate. Noch immer hatte ich nichts von meiner Liebe gehört und die Angst wurde größer, dass ihr etwas passiert war. Ich bekam nachts kaum noch ein Auge zu und wenn, dann träumte ich so schlecht, dass ich schweißgebadet aufwachte und meist noch ihren Namen schrie. Auch heute Nacht war es so gewesen, weshalb Tobi und ich nun übermüdet an unserem Tisch saßen und einen Kaffee nach dem anderen tranken.

»Vielleicht ist ja heute einer für dich dabei!«, er schaute zu seinen Briefen, die er alle schon während der Haft bekommen hatte und in seinem Regal aufbewahrte.

»Ich hoffe es! Ich weiß einfach nicht mehr weiter …!«, Tobi legte eine Hand auf meine Schulter und nickte mir wissend zu. In den wenigen Wochen, die wir miteinander verbracht hatten, verstanden wir uns richtig gut. Auch wenn er noch immer ein Drogenproblem hatte und wahrscheinlich alles dafür tun würde, auch hier an sein Zeug ranzukommen, war er ein echt netter Kerl.

Die Uhr zeigte 06:37 Uhr und das hieß, das in wenigen Minuten die Tür geöffnet wurde. Das Frühstück, das sowieso sehr spärlich ausfiel, war aber nicht das interessante daran. Denn mit dem Frühstück wurde auch die Post ausgeteilt. Ich wurde immer nervöser und knetete aufgeregt meine Hände. Als ich den Schlüssel hörte, sprang ich von meinem Stuhl auf und stellte mich abwartend davor. Auch Tobi folgte mir und stellte sich neben mich.

Die Tür wurde geöffnet und ein uniformierter Mann reichte uns zwei Tabletts, auf denen jeweils drei Brote mit Butter und einer dünnen Scheibe Käse lagen. Ich stellte es sofort auf den Tisch und wartete sehnsüchtig darauf, dass er ein weiteres Mal hinter sich packt.

Und er tat es.

Gleich zwei Briefe hielt er in der Hand, gab sie mir beide und schloss die Tür wieder zu. Den ersten Brief gab ich Tobi, denn mittlerweile erkannte ich die Handschrift seiner Mutter. Als ich den zweiten Brief rumdrehte, schossen mir Tränen in die Augen und ich ließ mich auf mein Bett fallen. Es war ihre Handschrift und ein großes, rotes Herz klebte auf der Rückseite.

»Und? Ist er von *ihr*?«, Tobi sah mich fragend an und ich konnte nur nicken, denn ich hatte einen dicken Kloß im Hals. Ich wischte mir die Tränen aus den Augen und nahm den Brief aus dem schon geöffneten Briefumschlag.

Zwei Mal musste ich ihn mir durchlesen, bis ich verstand, was mir möglich war. Sofort stand ich auf und klopfte an die Tür, in der Hoffnung, das mich schnell jemand hören würde. Schon wenige Minuten später stand der uniformierte Mann wieder vor mir und sah mich stirnrunzelnd an.

»Ich müsste dringend telefonieren!«

»Hast du denn eine Telefonkarte?«

»Ehm … nein …«, er schnaubte genervt auf.

»Hast du denn Geld, um dir eine zu kaufen?«

»Ja … Ich habe scheinbar welches auf meinem Konto!«, er nickte, sagte mir, dass er in wenigen Minuten wieder da sei, und schloss die Tür hinter sich.

»Du hast Geld?«, Tobi saß inzwischen wieder an unserem Tisch und schob sich die trockenen Brote zwischen die Zähne.

»Salo … sie hat mir Geld überwiesen. Sie hat auch für den Fernseher, das Radio und das Bett gesorgt.«

»Junge, die Frau darfst du nie wieder gehen lassen!«

»Das werde ich nicht!«

Kurze Zeit später wurde unsere Tür wieder geöffnet und mir wurden ein Telefon sowie eine Telefonkarte gereicht.

»Die Karte kannst du so lange benutzen, bis dein Geld aufgebraucht ist. Das Telefon kannst du zwei Mal in der Woche bekommen, für je eine halbe Stunde.«

Er zeigte mir noch, wie ich das Telefon zu benutzen hatte und ging aus der Zelle. Sofort wählte ich Salos Nummer und wartete darauf, dass sie abhob.

»*Salome Rosenberg.*«

»Engel …«, ich musste ein Schluchzen unterdrücken, denn erst jetzt wurde mir bewusst, wie sehr ihre weiche Stimme mir gefehlt hatte. Mein Herz klopfte wie verrückt und die Schmetterlinge in meinem Bauch wurden geweckt.

»*Ju … Julin?*«

»Ja … ja, ich bin es. Ich habe grade deinen Brief bekommen und …«

»*Du hast erst jetzt meinen Brief bekommen? Ich habe ihn schon vor drei Wochen losgeschickt!*«

»Mein Zellengenosse sagte mir, dass der erste Brief immer etwas länger dauert, da sie ihn besonders prüfen.«

»*Ich habe mir schon Sorgen gemacht und bestimmt fünf Mal in der JVA angerufen. Ich dachte, irgendetwas wäre passiert, aber sie wollten mir nichts sagen!*«, sie schluchzte ins Telefon und ihre Stimme wurde brüchig.

»Mir ging es genauso! Ich wusste nicht, dass ich Geld auf dem Knastkonto habe, sonst hätte ich mich früher bei dir gemeldet. Salo, wie kann ich dir nur für alles danken?«

»*Das musst du nicht! Sag mir lieber, wie es dir geht!*«

»Jetzt, wo ich deine Stimme höre, geht es mir gleich besser! Aber du hörst dich nicht allzu gut an, ist irgendetwas passiert?«

»*Ach, ich habe mir nur den Magen verdorben. Mir ist seit ein paar Tagen schlecht, aber ich habe Morgen einen Arzttermin und bekomme sicherlich Tabletten verschrieben.*«

»Seit ein paar Tagen schon? Muss ich mir Sorgen machen?«

»*Nein, wirklich nicht. Es wird schon nichts Ernstes sein, mach dir bitte keine Sorgen! Ich hätte nur früher zum Arzt gehen sollen, aber ich hatte so viele andere Dinge im Kopf. Es hat mir schwer zugesetzt, dass ich nichts von dir gehört habe. Vielleicht hängt es auch damit zusammen.*«

»Das kann gut möglich sein, denn mir ging es die letzten Tage dadurch auch ziemlich schlecht. Was hattest du denn für andere Dinge im Kopf?«

»Meine Eltern, die Arbeit … alles wird mir momentan zu viel.«

»Willst du mir davon erzählen, Engel?«

»Ehrlich gesagt möchte ich die Zeit, die wir zum Telefonieren haben, anders nutzen. Du bist der einzige Mensch, bei dem ich für kurze Zeit alles Schlechte vergessen kann, Julin.«

»Gut, dann sprechen wir über etwas Anderes! Was hast du denn die letzten Wochen getrieben?«

»Nicht sehr viel. Die meiste Zeit habe ich mit Arbeiten verbracht und den Rest des Tages war ich meist zu Müde, um noch etwas zu machen. Aber du glaubst mir nie, womit ich meine Wochenenden verbringe!«, ihre Stimme klang nun belustigt und sofort musste ich lächeln, denn ich konnte mir genau vorstellen, wie auch ihre Mundwinkel nun zuckten.

»Womit?«

»Ich habe, ebenso wie du, jeden Brief aufbewahrt und sortiere sie seit Tagen … irgendwie bescheuert, oder?«, nun fing sie lauthals an zu lachen und ich konnte nicht anders, als mit ihr einzustimmen.

»Nein, ich finde es süß und die Ablenkung bekommt dir sicherlich gut. Ich darf ab der nächsten Woche in der Schreinerei arbeiten, dann kommen mir die Tage hoffentlich auch nicht mehr so lange vor.«

»Wirklich? Das ist doch toll! Dann vergeht die Zeit sicherlich schnell, bis ich dich besuchen komme!«

»Glaub mir, Engel, jede Sekunde ohne dich, fühlt sich an wir eine Stunde! Ich brauche dich einfach an meiner Seite, Salo, sonst fühle ich mich nicht komplett.«

»Das Gefühl kenne ich, aber in wenigen Monaten müssen wir uns nie wieder trennen.«

»Du fehlst mir so …«

»Du fehlst mir auch …«, wir seufzten beide in den Hörer und hingen für einen kurzen Moment in unseren Gefühlen fest. Ich hätte alles dafür gegeben, in diesem Moment bei ihr zu sein.

»Mist! Ich habe die Zeit total vergessen! Ich muss schon in wenigen Minuten los zur Arbeit und habe noch meinen Schlafanzug an!«, es raschelte und rauschte, als sie scheinbar hektisch ins Bad sprintete.

»Tut mir leid, ich hätte später anrufen sollen.«

»Was? Nein! Du darfst mich zu jeder Zeit anrufen, Julin. Für dich komme ich auch gerne mal etwas später auf die Arbeit!«

»Lass das bloß nicht deinen Chef hören!«, wieder lachten wir, doch ich wusste, dass ich das Gespräch beenden musste. Ich wollte Salo keinesfalls Probleme bereiten.

»Engel, ich melde mich wieder bei dir. Pass gut auf dich auf und geh morgen zum Arzt, egal, was dazwischenkommt, verstanden?«

»Das mache ich! Ich liebe dich, Julin, und ich vermisse dich so sehr!«

»Ich liebe und vermisse dich auch! Bis dann, Engel.«

»Bis dann!«

Als das Klicken in der Leitung ertönte, wusste ich nicht, ob ich lachen oder heulen sollte. Einerseits war ich nun beruhigt und glücklich, ihre Stimme gehört zu haben, aber andererseits traurig, dass ich nun wieder mit meinen Gedanken alleine war. Ich legte das Telefon beiseite und strich mir mit beiden Händen über mein Gesicht, versuchte, meine Gefühle unter Kontrolle zu bekommen.

»Der erste Anruf ist schwer.«

»Mh?«, ich schaute zur Seite und sah Tobi, der gegenüber auf seinem Bett saß und mich begutachtete.

»Es wird von Mal zu Mal einfacher, aber der erste Anruf ist heftig. Du vermisst sie jetzt sicherlich noch mehr, oder?«

»Viel mehr!«, ich nahm eines der Bilder in die Hand und meine Mundwinkel zuckten nach oben. Selbst wenn sie mich nur auf einem Bild anlächelte, konnte ich nicht anders, als es ebenso zu tun. Da ich noch einige Minuten hatte, bis das Telefon geholt wurde, wählte ich Taylors Nummer und hoffte, dass ich ihn nicht wecken würde. Er nahm zum Glück direkt ab, was ich der Frühschicht zu verdanken hatte. Wir plauderten kurz über die neuesten Neuigkeiten seinerseits und meinen Alltag in Haft, bis das Telefon wieder aus der Zelle verschwand. Ich stand auf, nahm das Briefpapier, das dem Umschlag beilag, und setzte mich an den Tisch, um meiner Liebe zurückzuschreiben.

Meine liebste Salo,

deine Stimme zu hören hat mich vollkommen durcheinandergebracht, aber auch unheimlich beruhigt. Ich hatte noch nie so viel Angst in meinem Leben, als die letzten Wochen. Nichts von dir zu hören, hat mich keine Nacht ruhig schlafen lassen und ich hatte täglich das Gefühl, das ich das Wichtigste in meinem Leben verloren hatte. Nur die Gedanken an dich lassen mich die Haft überstehen. Nur die Erinnerungen an deine Berührungen, deine Küsse und dein Lachen geben mir die Stärke, die ich so dringend benötige. Ich habe in letzter Zeit oft darüber nachgedacht, ob ich es bereue, was ich getan habe, doch ich kann es immer nur verneinen. Denn so haben wir zueinandergefunden und das ist für mich das Einzige, was zählt.

Ich kann es auch kaum noch erwarten, zu dir zu kommen, alles, was du mir immer so schön beschrieben hast, mit meinen eigenen Augen zu sehen. Abends mit dir auf dem Sofa zu liegen, dir deine Lieblingsschokolade wegzuessen und dich danach in unser Bett zu tragen, um dich nach auf jede erdenkliche Art und Weise zu verführen. Ein normales Leben mit dir zu führen, wie ich es mir immer erträumt habe. Ich werde mich in nächster Zeit darum kümmern, Bewerbungen zu schreiben, damit ich schnell wieder einen Job finde. Ich habe hier die Möglichkeiten, nach geeigneten Stellen zu suchen, aber da du dich in der Region besser auskennst, könntest du mir vielleicht einige Adressen zukommen lassen. Ich möchte einfach nichts mehr, als endlich mein Leben mit dir zu genießen, einen geregelten Tagesablauf zu haben und all den Mist zu vergessen, den ich bis zu diesem Zeitpunkt erlebt habe.

Und ich weiß, dass wir das zusammen schaffen werden.
Danke für alles, was du für mich getan hast!
Ich liebe dich!
xoxo
Dein Julin

Nachdem ich den Brief gefaltet und in den Umschlag gesteckt hatte, legte ich noch einen Besucherantrag bei, damit ich meinen Engel so schnell wie möglich sehen konnte. Ab jetzt hieß es wieder warten …

Kapitel Zwölf

Salome

Husten, Schnupfen, Niesen. Ich saß erst fünf Minuten in dem Wartezimmer meines Hausarztes und wurde schon mit allem konfrontiert, das ich nicht auch noch gebrauchen konnte. Meine Übelkeit war noch immer nicht überwunden und ich fühlte mich wie durch den Fleischwolf gezogen. Der einzige Augenblick, bei dem ich mein Unwohlsein vergessen konnte, war das Gespräch mit Julin am Vortag. All die Sorgen um ihn waren wie fortgeflogen, doch leider bleiben die Magenschmerzen an Ort und Stelle.

Die erste Person wurde aufgerufen und verließ den Wartebereich. Ich nahm mir eine Zeitung vom Stapel und blätterte wahllos darin, ohne wirklich zu lesen. Viel zu viele Gedanken flogen durch meinen Kopf, auf die ich mich mehr konzentrierte. Meine Eltern blockten jedes Mal ab, wenn ich Julin zum Thema machen wollte. Sie wussten nichts über ihn und wollten scheinbar auch nichts wissen. Selbst sein Name war ihnen egal, denn sie nannten ihn immer nur ‚den Mann'. Sie zwangen mich auch noch öfter in die Kirche, als es mir lieb war, denn sie hatten die Hoffnung, dass ich ‚zur Besinnung' kommen würde und doch noch jemanden finde, der ihnen gut passt. Anstandslos ließ ich es über mich ergehen, denn ich hatte keine Lust, für noch mehr Unruhe zu sorgen.

»Salome Rosenberg, bitte!«, schneller als gedacht wurde ich aufgerufen und folgte der Arzthelferin in eines der Behandlungszimmer. Dr. Kopmann saß schon wie gewohnt hinter seinem Schreibtisch und sah kurz auf, als ich mich vor ihn setzte.

»Frau Rosenberg, wo drückt der Schuh?«

»Ich glaube, dass ich mir den Magen verdorben habe. Mir ist seit Tagen übel, ich fühle mich schlapp und mein Magen verkrampft sich oft.«

»Wie lange geht das jetzt schon so?«

»Seit ungefähr einer Woche.«

»Dann schließe ich es aus, dass Sie sich den Magen verdorben haben. Haben Sie Fieber?«

»Nein, nicht dass ich wüsste.«

»Können Sie mir bitte zeigen, in welchem Bereich sich Ihr Magen verkrampft?«

»Natürlich!«, ich stand auf, zog mein Shirt nach oben und zeigte ihm die Stellen auf dem unteren Teil meines Bauches, die schmerzten.

»Wann hatten Sie zuletzt Ihre Periode, Frau Rosenberg?«, ich setzte mich wieder und brauchte einen kurzen Moment, um darüber nachzudenken. Die letzten Wochen waren so stressig, dass ich nicht darauf geachtet hatte und ich konnte mich beim besten Willen nicht daran erinnern, ob ich sie nach dem Besuch bei Julin gehabt hatte.

»Ich … ich weiß es nicht …«

»Kein Problem, Frau Rosenberg, wir werden jetzt einen Schwangerschaftstest machen, danach sehen wir weiter!«, perplex stand ich auf und ging der Arzthelferin hinterher. Sie gab mir einen Becher und schickte mich auf die Toilette, um eine Urinprobe abzugeben. Ich stand vollkommen neben mir und befolgte einfach ihre Anweisungen, ohne großartig drüber nachzudenken.

Nachdem ich die Probe abgegeben hatte, setzte ich mich wieder in den Wartebereich und starrte gedankenverloren an die orangefarbene Wand. Es kam mir wie Stunden vor, bis mein Name wieder aufgerufen wurde.

Als ich wieder vor Dr. Kopmann saß, zitterten meine Hände wie Espenlaub. Er sah kurz auf das vor sich liegende Papier, lächelte mir danach entgegen.

»Herzlichen Glückwunsch, Frau Rosenberg. Sie sind schwanger!«

»Ich … was?«

»Sie sind schwanger! Laut des Schwangerschaftstests sind Sie ungefähr in der vierten Woche.«

»Aber das … das kann nicht …«

»Ich schreibe Ihnen eine Überweisung für Ihren Frauenarzt, er wird alle weiteren Untersuchungen vornehmen. Des Weiteren bekommen Sie von mir noch ein Rezept für ein homöopathisches Mittel, das gegen Übelkeit hilft.«

Er gab mir beide Zettel in die Hand und lächelte mich schon fast spöttisch an.

»Wir sehen uns dann am Sonntag in der Kirche, Frau Rosenberg.«

Tränen brannten in meinen Augen und ich ging so schnell aus der Praxis, wie es mir nur möglich war. Das konnte alles nur ein wirklich schlechter Scherz sein.

Die Fahrt nach Hause hatte ich kaum realisiert. Ich fuhr einfach, ohne groß nachzudenken, die gewohnte

Strecke. Das Nächste, woran ich mich erinnerte, war, dass ich würgend über der Toilettenschüssel hing. Ich wischte mir den Mund ab und drückte die Spülung, stand danach auf und ging zum Waschbecken, um mir etwas kaltes Wasser ins Gesicht zu spritzen.

Schwanger.

Ich musste unbedingt mit jemandem reden. Ich nahm mein Handy aus der Tasche und wählte die einzige Nummer, die mir helfen konnte, während ich mich an der Wand zu Boden sinken ließ.

»Schmidt.«

»Taylor? Hier ist Salo. Hast du Zeit?«

»Salo, für dich habe ich immer Zeit. Wie geht's dir?«

»Ich … ich weiß es nicht …«, ich schluchzte ins Telefon und konnte meine Tränen nicht mehr zurückhalten.

»Was ist passiert?«, sofort änderte sich seine Stimmlage und er klang alarmiert.

»Ich war grade bei meinem Arzt, weil es mir in den letzten Tagen nicht gut ging … und …«

»Und was? Sprich bitte mit mir, Salo!«

»Taylor, ich bin … ich bin schwanger …«, kurz herrschte Stille am anderen Ende der Leitung.

»Von … Julin?«

»Natürlich von Julin! Ich habe nie mit einem anderen … du weißt schon …«

»Gott sei Dank! Sonst wäre er wahrscheinlich wirklich noch zum Mörder geworden.«

»Taylor, was soll ich nur machen? Wie soll ich ihm das sagen? Was ist, wenn er es nicht will?«

»*Ganz ruhig, Kleine. Du kannst jetzt höchstens in der vierten Woche sein, oder?*«

»Ja, das sagte der Arzt auch.«

»*Gut, dann rufst du jetzt gleich bei deinem Frauenarzt an und lässt dir einen Termin geben, lässt dir Blut abnehmen und einen Ultraschall machen. Wahrscheinlich wird der Arzt noch nicht viel sehen können, aber bei der nächsten Untersuchung solltest du Gewissheit haben. Bis dahin bleibt das Ganze noch unser kleines Geheimnis, verstanden?*«

»Woher … woher weißt du das alles?«

»*Ich bin der Älteste von acht Kindern, ich habe schon viele Schwangerschaften miterlebt.*«

»Und du denkst wirklich, dass wir es Julin noch verheimlichen sollen?«

»*Es ist das Beste für ihn, glaub mir. Wenn du es ihm jetzt sagen würdest und sich in wenigen Wochen rausstellt, dass es doch nicht so ist oder etwas schiefgeht, würde ihn das kaputtmachen und weder du noch ich sind da, um ihm Halt zu geben!*«, Taylor hatte recht. Julin war ein sehr feinfühliger Mensch, obwohl man das bei seinem Äußeren kaum erwarten würde.

»Du glaubst also, Julin freut sich über die Nachricht?«

»*Ich kann es mir nicht anders vorstellen. Er liebt dich mehr als alles andere auf dieser Welt, wie sollte er sich da nicht freuen? Aber sag mal, habt ihr denn gar nicht verhütet?*«

»Wäre ich sonst schwanger? Wir haben scheinbar beide in der Situation nicht darüber nachgedacht …!«

»*Naja, so etwas kann passieren, aber ich freue mich für euch! Leider muss ich jetzt weiterarbeiten. Halt mich weiterhin auf dem Laufenden, okay?*«

»Das werde ich.«

»*Und, Salo?*«

»Mh?«

»*Mach dich nicht verrückt. Am Ende wird alles gut, und wenn es noch nicht gut ist, dann ist es auch noch nicht das Ende!*«

»Danke, Taylor, für einfach … alles!«

»*Bis dann, Kleine!*«

»Bis dann!«

Ich steckte mein Handy zurück in die Hosentasche und stand auf, vor dem großen Spiegel blieb ich stehen. Automatisch legte ich meine Hand auf den Bauch, strich verträumt darüber und musste feststellen, dass sich ein leichtes Lächeln auf meine Lippen legte. Wenn es wirklich so sein und Julin sich über unser Kind freuen sollte, stand dem nichts mehr im Weg.

Außer meine Eltern.

Meine strenggläubigen Eltern.

Meine ‚kein-Sex-vor-der-Ehe' Eltern.

Ich war verloren …

***

Zwei Tage später …

»Hallo, Frau Rosenberg, kommen Sie doch rein!«, ich trat in das Beratungszimmer meines Frauenarztes Dr. Schneider und setzte mich auf einen der Stühle, die vor seinem Schreibtisch standen.

»Wie kann ich Ihnen helfen?«, vor Aufregung knetete ich meine verschwitzten Hände.

»Vorgestern war ich bei meinem Hausarzt, weil ich tagelang Beschwerden hatte und er sagte mir, dass ich schwanger sei.«

»Dann wollen wir mal schauen, ob er recht behält! Kommen Sie doch bitte mit.«

Wir verließen das Zimmer und gingen gegenüber in einen kleinen Raum, in dem mir Blut abgenommen wurde. Auch hier musste ich wieder eine Urinprobe abgeben, die sofort ausgewertet werden sollte. In seinem Behandlungszimmer angekommen, bereitete ich mich auf den Ultraschall vor, der eventuell schon aufschlussreich sein sollte. Als er den Raum ebenfalls betrat, hatte der glatzköpfige, kleine Mann ein strahlendes Lächeln auf dem Gesicht.

»Der Schwangerschaftstest ist positiv. Dann wollen wir mal schauen, ob wir schon etwas sehen können!«, er begann mit dem Ultraschall, den ich durch einen Monitor vor mir genauestens verfolgen konnte. Zuerst sah ich nur ein graues, verwackeltes Bild, bis er auf einer Stelle stehen blieb. Ein kleiner, schwarzer Fleck war zu sehen.

»Frau Rosenberg, die Fruchthöhle ist schon zu sehen, der Embryo ist leider noch zu klein und daher nicht sichtbar. Drum herum sehen Sie die Gebärmutterschleimhaut, in der sich die Eizelle einnisten kann. Das sieht alles sehr gut und gesund aus, doch in zwei Wochen kann ich Ihnen mehr dazu sagen.«

Er reichte mir mehrere Tücher, mit denen ich meinen Bauch abwischen sollte und ich folgte ihm zur Anmeldung. Er gab mir einen neuen Termin und klärte mich noch über einige Dinge auf, die ich wissen sollte.

Dass er mir sagte, ich könne mich jederzeit bei ihm melden, falls ich eine Frage hätte, machte mir Mut und gab mir Kraft. Lächelnd verließ ich die Praxis und rief sofort Taylor an, um ihm die neuesten Vorkommnisse zu schildern. Er freute sich so sehr für mich, für *uns*, dass es mein Herz erwärmte. Auch meine Idee, dass ich es Julin persönlich sagen werde, fand er großartig. Zwar fiel es mir heute schon schwer, Julin am Telefon zu belügen und ihm zu sagen, dass ich mir wirklich nur den Magen verdorben hätte, aber so war es für uns beide angenehmer. Jetzt musste nur noch der Besucherantrag ankommen.

Kapitel Dreizehn

Salome

Der nächste Frauenarzttermin stand an und ich konnte es kaum erwarten. Heute würde ich endlich erfahren, wie es um unser kleines Wunder stand. Die letzten zwei Wochen waren nervenaufreibend gewesen, denn ich konnte mit niemandem über meine wahren Gefühle sprechen, außer mit Taylor. Auch die Geheimhaltung vor Julin und meinen Eltern fiel mir immer schwerer, denn nicht nur mein Körper veränderte sich, sondern auch meine Stimmung. Jedes Mal, wenn ich mit Julin telefonierte, musste ich mich stark zusammenreißen, es nicht einfach auszuplaudern. Auch meine Eltern mussten merken, dass etwas anders war, denn ich verhielt mich ihnen gegenüber noch verschlossener als zuvor schon. Die Angst, wie sie darauf reagieren würden, begleitete mich jeden Tag.

Ich wurde sofort in das Zimmer geführt, in dem der Ultraschall stattfinden sollte. Dr. Schneider begrüßte mich freundlich und wir begannen sofort mit der Untersuchung. Wieder konnte man eine schwarze Blase erkennen, doch sie hatte sich verändert.

»Das sieht doch alles hervorragend aus, Frau Rosenberg! Sehen Sie den kleinen, weißen Punkt?«, ich nickte ihm zu und starrte gespannt auf den Bildschirm.

»Das ist Ihr Baby. Es ist ungefähr schon vier bis fünf Millimeter groß und fängt langsam an, sich zu entwickeln. Sollen wir nachschauen, ob schon ein Herzschlag zu sehen ist?«, mit Tränen in den Augen nickte ich ihm ein weiteres Mal zu. Er drückte ein paar Knöpfe, stellte das Gerät um, und sofort war ein leises und schnelles Pochen zu hören. Meines Erachtens viel zu schnell. Beruhigen legte er seine Hand auf meine und sprach ruhig auf mich ein.

»Keine Sorge, das hört sich alles ganz ausgezeichnet an. Das Herz Ihres Kindes schlägt ungefähr 150 Mal in der Minute, viel schneller als das eines Erwachsenen.«

Seine Worte machten mich zum glücklichsten Menschen dieser Welt und nicht nur eine Träne löste sich aus meinen Augen.

»Herzlichen Glückwunsch, Frau Rosenberg!«

»Danke, ich … ich danke Ihnen von Herzen!«, ich wischte die Tränen von meiner Wange und strahlte mit Dr. Schneider um die Wette. An der Anmeldung bekam ich noch einige Unterlagen, darunter auch den Mutterpass und das erste Ultraschallbild. Mit einem breiten Grinsen im Gesicht fuhr ich nach Hause um meine Koffer zu packen, denn schon morgen sollte es nach Berlin gehen.

***

Nach der langen Fahrt stand ich endlich vor dem Haus, nach dem ich mich so lange gesehnt hatte. Auch wenn es kaum ein hässlicheres Gebäude gab, lagerten hier so tolle Erinnerungen, dass es für mich nicht schöner hätte sein können. Vielleicht lag es aber auch an den Hormonen, die momentan eh verrücktspielten. Ich stieg aus dem Wagen und wurde plötzlich von zwei Armen umschlungen.

»Da bist du ja endlich! Ich stehe schon seit einer halben Stunde hier draußen!«, auch ich legte meine Arme um Taylors Körper und drückte ihn fest. Er gab mir die letzten Wochen so viel Halt, so viel Kraft, auch in den schwierigsten Momenten. Oft habe ich geglaubt, ich schaffe es nicht und kann das alles alleine nicht durchstehen, doch er schenkte mir so viel Vertrauen in mich selbst, dass ich durchhielt.

»Ich habe dir doch gesagt, dass ich erst am frühen Abend ankomme!«, er ließ von mir ab und strahlte mir glücklich entgegen.

»Ich weiß, aber ich konnte es einfach nicht mehr aushalten! Ich habe mich so auf dich gefreut … auf *euch*!«, sein Blick fiel auf meinen Bauch, der natürlich noch vollkommen unverändert war, doch er sah ihn an, als wäre er schon kugelrund.

»*Wir* haben uns auch auf dich gefreut! Es tut wirklich gut wieder hier zu sein.«

»Meinst du das ernst?«, mit einer hochgezogenen Augenbraue sah er mich an und brachte mich damit sofort zum Lachen.

»Ich meine nicht die Stadt, sondern dich! Irgendwie ist es wie nach Hause kommen … nur Julin fehlt.«

Mein Blick glitt nach unten, denn der Gedanke, das Julin nicht hier vor mir stand, machte mich traurig. Sofort spürte ich Taylors Hände an meinen Schultern.

»Hey, Kleines, nicht traurig sein. Du siehst ihn doch morgen schon wieder und ich verspreche dir, dass ich dir die Zeit bis dahin sehr schön gestalten werde!«, er lächelte mich aufmunternd an und drückte mich wieder an seine Brust.

»Danke, Taylor, für alles!«

»Dafür musst du mir nicht danken!«

Nachdem Taylor meine Koffer hochgetragen hatte, da er mir das strenge Verbot erteilte, in den nächsten Monaten schweren Sachen zu tragen, gingen wir in die Stadt und aßen in einem Restaurant, in dem Taylor einen Tisch reserviert hatte. Wir plauderten die meiste Zeit über die Schwangerschaft, das Baby und Julin. Schon Wochen hatte ich nicht mehr so viel gelacht, wie an diesem einen Abend.

***

»Bitte warten Sie hier, bis wir Sie abholen. Das kann einige Minuten dauern.«

Ich nickte dem Wachmann freundlich zu und setzte mich auf einen der Stühle, die in diesem kahlen, ungemütlichen Raum standen. Wieder wurde ich komplett durchsucht und musste alles abgeben, was ich nicht mit in den Besucherraum nehmen durfte. Nur das Ultraschallbild und wenige Euros hatte ich bei mir. Die halbe Nacht lag ich wach und dachte darüber nach, wie unser Treffen wohl aussehen würde. Ich wusste, dass wir gut eine Stunde Zeit miteinander verbringen durften, doch ob wir alleine sein würden oder noch andere Menschen dabei waren, wusste ich nicht. Auch die Tatsache, dass ich ihm von der Schwangerschaft erzählen wollte, machte mir Angst. Was ist, wenn Taylor sich täuscht und Julin gar kein Kind mit mir möchte?

Wenn er verlangt es abtreiben zu lassen? Wenn er mich verlässt, mich einfach im Stich lässt? Schon allein bei dem Gedanken sammelten sich Tränen in meinen Augen und ich fing an zu zittern. Schützend legte ich meine Hand auf den Bauch. Nein ... niemals würde ich mein Kind abtreiben, denn es ist das größte Wunder, mein größtes Glück.

Als die Tür geöffnet wurde, überkam mich ein Hauch von Panik, denn es konnte wirklich so ausgehen. Die ganzen Wochen habe ich diesen Gedanken von mir ferngehalten, doch jetzt traf es mich wie ein Schlag. Ich wollte ihn nicht verlieren, niemals. Ich stand auf, ging hinter dem Wachtmann her und sah schon kurze Zeit später in das schönste Gesicht des Universums. Julin sprang auf, lief mit einem breiten Lachen auf mich zu und schloss mich in seine starken Arme. Er hob mich hoch und wirbelte mich durch die Luft, während ich mich um seinen Hals festklammerte.

»Engel ... endlich!«, er setzte mich wieder ab und legte beide Hände an meine Wangen, beugte sich nach vorne und legte seine Lippen auf meine. So lange habe ich mich nach diesem Kuss gesehnt und endlich durfte ich ihn spüren. Meine Hände krallten sich in sein Shirt, als er den Kuss vertiefte und mich damit auf Wolken fliegen ließ.

»Ich habe das so vermisst, Salo! Deine Wärme, deine Berührungen, deine Lippen ...«, wieder folgte ein Kuss, doch diesmal war er kurz, doch liebevoll. Jede Berührung tat so gut, doch ich konnte sie nicht richtig genießen. Viel zu groß war die Angst, dass es die letzten Berührungen sein könnten. Ich musste es ihm sagen.

»Julin, ich ... können wir uns setzen?«, er führte mich zu den Stühlen, setzte sich und zog mich auf seinen Schoß, sodass ich seitlich auf ihm saß.

»Du bist so blass ... stimmt irgendetwas nicht? Geht's dir nicht gut?«, ich sah auf meine Finger, die ich aufgeregt knetete, bevor ich in meine Hosentasche griff und das Foto rausnahm. Ich hielt es noch in meinen Händen, sodass er es nicht sehen konnte. Als ich wieder aufblickte, sah er mich fragend an und legte mitfühlend eine Hand an meine Wange.

»Es ist etwas passiert ... vor ziemlich genau sieben Wochen ...«, er dachte kurz nach, strich dabei unentwegt meine Wange mit seinem Daumen und runzelte seine Stirn.

»Salo, rück mit der Sprache raus. Ich mach mir verdammte Sorgen ...!«

»Bitte hass mich nicht ...«

Tränen kullerten meine Wange herab, doch Julin fing sie sofort auf.

»Ich könnte dich nie hassen, Engel!«, sein Blick wurde leidender und er flüsterte mir die Worte entgegen. Ich nahm all meinen Mut zusammen und gab ihm das Ultraschallbild in die Hand. Er nahm es und schaute es an.

»Ich ...«, er starrte weiterhin auf das Bild und ich konnte keine Regung in seinem Ausdruck erkennen. Auch die Hand, die noch eben an meiner Wange lag, hielt nun das Bild fest.

»Wir ... wir bekommen ein Baby! Ich bin schwanger, Julin!«

Kapitel Vierzehn

Julin

Noch immer sah ich das Bild an, welches Salo mir gegeben hatte. Ihre Worte schossen mir durch den Kopf, immer und immer wieder, doch ich konnte es kaum realisieren. Als sie mir sagte, dass ich sie nicht hassen solle, dachte ich schon, sie wollte mich verlassen. Auch wenn es mich umgebracht hätte, könnte ich es verstehen. Doch mit dieser Nachricht hätte ich nicht gerechnet.

»Es … es tut mir … so leid …!«, Salo schluchzte auf und bewegte sich auf meinem Schoß, was mich endlich aus meiner Starre lockte. Sie machte Anstalten aufzustehen, doch ich legte meine Hände um ihren kleinen Körper und zog sie näher zu mir. Als ich eine Hand an ihre Wange legte und sie zu mir drehte, sodass sie mich angucken musste, sah ich die Trauer in ihrem Blick. Viel zu lange hatte ich sie in dem Glauben gelassen, dass ich geschockt wäre.

»Dir muss nichts leidtun, Salo!«, ich strich ihre Tränen von der Wange und lächelte sie an.

»Ist das wirklich war? Wir bekommen ein Baby?«, nun war es an ihr mich anzulächeln, während sie ihre restlichen Tränen mit ihrem Handrücken wegwischte.

»Ja, seit vorgestern ist es bestätigt.«

Sie legte ihre kleine Hand auf ihren Bauch und hatte das schönste Lachen auf dem Gesicht, das man sich nur vorstellen konnte. Ich legte sofort meine Hand über ihre und konnte meine Freudentränen nicht mehr zurückhalten. Unsere Lippen trafen sich und ein Kuss voller Leidenschaft hielt uns beide zusammen. Mit ihren Händen an meinen Wangen fing sie meine Tränen auf, die vor Glück nicht mehr zu stoppen waren.

»Ich liebe euch ... ich liebe euch so sehr!«, ich wisperte an ihre Lippen, bevor ich diese wieder auf ihre legte. Lange saßen wir da und gaben uns unseren Gefühlen hin, bis wir durch das Öffnen einer Tür gestört wurden. Ein weiterer Häftling wurde in den Besucherraum geführt, doch uns war das egal. Wenn wir zusammen waren, bemerkten wir kaum etwas um uns herum.

Wir sahen uns gemeinsam das erste Foto unseres Kindes an, auf dem bis jetzt nur ein kleiner Punkt zu sehen war, doch Salo konnte mir genau erklären, was grade mit unserem Baby alles passiert. Sie sprach darüber, wie es sich entwickelt und wie viel Angst sie hatte, als sie zum ersten Mal die Herztöne hörte. Wie gerne wäre ich in diesem Moment bei ihr gewesen.

»Zuerst war ich einfach nur geschockt, doch insgeheim habe ich es von der ersten Sekunde an geliebt. Die Zweifel, dass du es nicht lieben könntest ... *uns* nicht mehr lieben könntest, kamen zum Glück erst kurz bevor ich zu dir gerufen wurde.«

»Wie kommst du nur auf so eine Idee? Niemals könnte ich euch hassen. Du glaubst gar nicht, wie sehr ich mich darüber freue.«

»Das schönste Missgeschick der Welt!«, sie strahlte mich verlegen an und ihre Wangen färbten sich rosarot.

»Ich nenne es Schicksal. Bisher habe ich immer auf Verhütung geachtet, immer ein Kondom benutzt, aber bei dir … ich habe einfach alles um mich herum vergessen.«

Ich sagte das nicht einfach so, denn es war wahr. Salo war schon immer etwas Besonderes für mich, mein Herz, meine Liebe.

»Du denkst also nicht, dass es ein … Fehler war?«, entsetzt sah ich sie an.

»Ein Fehler, beim ersten Mal nicht zu verhüten? Vielleicht. Aber mit meiner großen Liebe ein Kind zu zeugen? Niemals!«, sie strahlte mir entgegen und küsste mich auf die Wange, danach auf die Stirn.

»Ich wünschte nur, dass ich während der Schwangerschaft öfter bei dir sein könnte, mit dir zum Frauenarzt gehen, unser kleines Wunder betrachten … das wird mir schwerfallen.«

»Ich verspreche dir, dass ich dich immer auf dem Laufenden halten werde! Zudem habe ich mich schon informiert, ob du für Arzttermine freigestellt werden kannst. Wenn du dich benimmst und nicht negativ auffällst, könnten wir zusammen gegen Ende der Haft zu einem Frauenarzt in der Nähe fahren!«, meine Augen wurden groß und ich drückte sie noch enger an mich. Mein Engel dachte einfach an alles.

»Jetzt habe ich etwas, worauf ich mich freuen kann. Weiß eigentlich schon jemand, dass du schwanger bist?«

»Taylor weiß es. Schon seit der ersten Minute. Ich … musste einfach mit jemandem sprechen …!«, wieder sah sie betrübt zu Boden, doch ich ließ keine Trauer mehr zu und hob ihr Kinn mit zwei Fingern an.

»Hey, das ist doch gut. Ich bin froh, dass er für dich da ist, wenn ich es nicht sein kann. Deine Eltern wissen also noch nichts?«

»Um Himmels willen! Du weißt doch von den Diskussionen, die ich alleine schon mit ihnen habe, wenn es um dich geht. Wenn sie das erfahren ... ich weiß nicht, ob ich das alleine durchstehe!«, ich konnte verstehen, dass sie Angst davor hatte, doch insgeheim wussten wir beide, dass es in wenigen Monaten nicht mehr zu leugnen war.

»Ich möchte auch gar nicht, dass du alleine da durchmusst! Wie wäre es, wenn du Taylor fragst, ob er dabei sein kann? Du weißt, dass ich alles dafür geben würde, bei dir zu sein, aber meine Lage ist momentan ziemlich aussichtslos.«

Sie stimmte mir zu und versprach mir, dass sie Taylor fragen würde, sobald sie dazu bereit wäre. Doch sobald ich wieder in meiner Zelle war, würde ich ihn anrufen. Er musste das einfach für mich, *für uns* tun, das war er mir schuldig. Zudem war er der einzige Mensch, ausgenommen von Salo, dem ich mein uneingeschränktes Vertrauen schenkte.

»Fast hätte ich es vergessen! Ich habe dir doch von dem Dachdecker erzählt, der nur zwei Straßen von meinem Büro entfernt ist. Er sucht ab dem Frühjahr nächsten Jahres einen neuen Mitarbeiter und möchte, dass du bei ihm Probe arbeitest!«

»Trotz meiner Haft?«

»Ja, mich hat das auch erstaunt, aber er sagte mir, dass jeder Mensch eine zweite Chance verdient hat!«, ich wusste nicht, wie dieser Tag noch besser werden konnte, doch als ich meine Lippen auf Salos legte, und ich ihr glückliches Lächeln an meinem Mund spüren konnte, wurde ich eines Besseren belehrt.

»Wie kann ich dir jemals für alles danken? Wie kann ich jemals alles wieder zurückgeben, was du für mich tust?«, sie überlegte kurz, senkte ihren Kopf zu meinem und sprach ganz nah an meine Lippen.

»Bleib einfach immer so, wie du bist!«

»Das bekomme ich hin!«

Noch einige Minuten plauderten wir über dies und jenes, doch ging es immer um unser kleines Wunder. Ob es ein Mädchen oder ein Junge wird, wie wir das Zimmer gestalten, wer die Paten werden sollten. Natürlich kam für den männlichen Part nur Taylor infrage, da waren wir uns sofort einig.

Viel zu schnell neigte sich unsere gemeinsame Zeit dem Ende zu und es fiel uns beiden schwer, uns zu verabschieden. Salo konnte ihre Tränen nicht zurückhalten, was sie natürlich auf die Hormone schob, doch auch mir ging es nicht anders. Viel zu sehr genoss ich die lang ersehnte Zeit mit ihr, die großartiger nicht hätte sein können. Als ich mich von Salo verabschiedet hatte, ließ ich mich auf die Knie fallen, hob ihr Shirt etwas an und gab ihr mehrere kleine Küssen auf den Bauch, was sie mit einem Kichern kommentierte. So gefiel sie mir schon viel besser.

Als ich zurück in meine Zelle kam, lag Tobi auf seinem Bett und hatte die Augen geschlossen. Die Tür wurde hinter mir geschlossen und er öffnete sofort seine Augen.

»Du bist es nur. Ich dachte schon, sie wollten mich mal wieder zu einem Drogentest abholen.«

»Und deswegen stellst du dich schlafend? Denkst du nicht, dass sie dich einfach aufwecken würden?«

»Versuchen kann man es ja! Und, wie war es? Du siehst verdammt glücklich aus!«

»Das bin ich auch … du glaubst nicht, wie sehr!«, ich setzte mich auf mein Bett und gab ihm das Ultraschallbild. Seine Augen wurden groß und er sah mich mit hochgezogenen Augenbrauen an.

»Ist nicht dein ernst!«, er stand auf und umarmte mich freundschaftlich, klopfte mir mehrere Male auf den Rücken. Wir redeten noch lange über mein Glück, bis endlich das Telefon gebracht wurde, und ich Taylor anrufen konnte. Es dauerte lange bis ich ihn am Telefon hatte, doch er sicherte mir zu, dass er Salo in allem unterstützen würde. Auch wenn die Worte beruhigend klangen, gefiel mir sein Ton nicht. Er klang kühl und abgehakt, wimmelte mich schnell ab, doch vielleicht hatte ich ihn in einem unpassenden Moment erwischt. Ich gab das Telefon also schon nach kurzer Zeit wieder zurück, und da ich mich immer mit den Wachen gut hielt, durfte ich später ein weiteres Mal telefonieren. So konnte ich wenigstens sichergehen, dass mein Mädchen gut zu Hause angekommen war.

Als ich mich in mein Bett legte, das Ultraschallbild zu den anderen Bildern hing und meine Augen kurz schloss, stellte ich mir vor, wie unser Leben wohl ablaufen würde. Ich wusste jetzt schon, dass Salo eine perfekte Mutter abgeben würde, und auch ich wollte mein Bestes geben, damit es unserem Kind nie an etwas fehlt.

Ab jetzt begann eine neue Zeit, ein neues Leben.

Kapitel Fünfzehn

Salome

»Ich würde dich am liebsten gar nicht gehen lassen! Willst du nicht noch länger hierbleiben?«, Taylor stand vor mir, sein Gesicht schmerzverzehrt.

»Du weißt doch, dass ich arbeiten muss! Aber ich habe eben bei der Abmeldung sofort einen neuen Besucherantrag ausgefüllt. Wenn er genehmigt wird, bin ich schon in vier Wochen wieder hier!«

»Du bist auch jederzeit ohne Besucherantrag bei mir willkommen! Ich habe immer einen Platz für dich frei!«, ich umarmte ihn noch ein letztes Mal, bevor ich mich in mein Auto setzte und die Heimreise antrat. Auch wenn ich gerne noch geblieben wäre, war ich froh, dass ich nun etwas Zeit für mich hatte. Der erneute Abschied von Julin tat weh.

Die Fahrt verging wie im Flug und ich war froh, endlich in meinem Bett liegen zu können. Doch an Schlaf war nicht zu denken. Viel zu viele Gedanken flogen mir durch den Kopf. Die Gedanken an meine Eltern ließen mir keine Ruhe. Schon in wenigen Monaten wird man mir die Schwangerschaft ansehen können und ich musste ihnen die Wahrheit sagen. Julins Vorschlag, dass Taylor mich dabei unterstützen könnte, beruhigte mich und ich wusste, dass er es für uns tun würde. Auch meinen Chef musste ich über die Schwangerschaft informieren, doch da unser Verhältnis sehr gut war, machte ich mir darüber keine Gedanken. Ein weiteres Mal versuchte ich, meine Gedanken ins Schöne zu lenken, um endlich Schlaf zu finden. Die Erinnerung an den Moment, wie Julin auf die Schwangerschaft reagierte, mir Mut machte, meinen Bauch küsste. Ich hätte es mir nicht schöner vorstellen können, hätte diesen Moment am liebsten noch stundenlang ausgekostet. Ich kuschelte mich in meine Decke und vergrub mein Gesicht in dem großen Shirt, das noch so gut nach ihm roch. Mit dem Gedanken an ihn wurden meine Augen immer schwerer und ich glitt in meine Traumwelt …

Drei Wochen später …

»Du bist schwanger, habe ich recht?«, ich blickte von meiner Zeitschrift hoch und sah in die Augen eines jungen Mädchens, dass nicht viel jünger als ich sein konnte. Sie sah mir schmunzelnd entgegen und zeigte mir ihre geraden, weißen Zähne.

»Ehm …?«, mein Blick musste verwirrt gewesene sein, denn sie gluckste belustigt vor sich hin.

»Keine Sorge, dass sollte nicht vorwurfsvoll klingen! Vorwurfsvoll passt bei mir grade nicht ins Bild …!«, sie senkte ihre Hände, in der sie ebenfalls eine Zeitung hielt, und entblößte einen leichten Babybauch, der nur von einem engen Top verdeckt wurde. Sie stand auf und setzte sich neben mich, hielt mir ihre Hand hin.

»Ich bin Katrin, siebter Monat!«, ich gab ihr meine Hand und stellte mich ihr ebenfalls vor, doch von meiner Schwangerschaft sagte ich nichts.

»Also, wie weit bist du?«

»Woran …?«

»Du sitzt beim Frauenarzt, liest einen Elternratgeber und hast ein leichtes Lächeln auf dem Gesicht! Noch Fragen?«, nun musste auch ich schmunzeln, denn noch offensichtlicher ging es wohl kaum.

»Zehnte Woche.«

Ich legte meine Hand auf den Bauch und strich verträumt hin und her, so wie ich es mehrmals am Tag machte, denn ich konnte dieses kleine Wunder noch immer kaum glauben. Auch Julin ging es nicht anders, denn jedes Mal, wenn wir telefonierten, fragte er am Anfang und am Ende des Gespräches, ob das alles real sei. Immer beantwortete ich die Frage mit Ja, worauf er ein ‚dem Himmel sei Dank' entfuhr. Für uns gab es kaum noch ein anderes Thema, da auf der Arbeit alles beim Alten war und Julins Alltag so gut wie täglich gleich verlief. Auch bei Taylor und mir, der sich mittlerweile täglich bei mir meldete, ging es nur um den kleinen Wurm. Meine Eltern wussten es noch immer nicht, denn immer, wenn ich das Thema Julin anschneiden wollte, stellten sie auf stur.

»Wie schön! Ein Wunschkind?«

Ich dachte kurz über die Frage nach, denn auch wenn es nicht geplant war … gewollt war es auf jeden Fall. Ich nickte ihr glücklich entgegen, was sie mit einem Lächeln kommentierte. Gerne hätte ich mich weiter mit ihr unterhalten, doch mein Name wurde aufgerufen. Als ich aufstehen wollte, legte sie ihre Hand an meine Schulter.

»Das hört sich jetzt vielleicht etwas komisch an, aber … darf ich deine Nummer haben? Ich kenne hier kaum jemanden, bin erst vor drei Monaten hier zu meiner Tante gezogen und …«

»Schon gut!«, lachend nahm ich mein Handy aus meiner Tasche und gab es ihr, während sie mir lachend ihres gab. Wir tippten unsere Nummern ein und verabschiedeten uns. Ich war mir sicher, dass wir uns nicht zum letzten Mal gesehen hatten.

***

Glücklich und zufrieden machte ich mich wieder auf den Heimweg, denn die Untersuchung zeigte mir, wie gut es meinem kleinen Wurm ging. Alles lief nach Plan und ich hatte sogar ein neues Bild bekommen, auf dem man unser Kind schon relativ gut als solches erkennen konnte. Er sagte auch, dass es sich jetzt von Woche zu Woche sichtbar verändern würde und ich tat es ihm gleich. Meine Brüste waren um einiges größer geworden, was Julin sicherlich nächste Woche auffallen und gefallen sollte. Meine Haare fühlten sich dicker an und glänzten schön. Als ich vor der Untersuchung vor meinem großen Spiegel stand, meinte ich sogar erkennen zu können, dass mein Bauch schon etwas gewachsen war, doch Dr. Schneider sagte mir, dass er einfach nur etwas aufgebläht war. Doch da ich eine sehr zierliche Figur hatte, sollte es relativ schnell sichtbar werden, was die Geheimniskrämerei vor meinen Eltern erschweren könnte.

Keine halbe Stunde, nachdem ich angekommen war, klingelte auch schon mein Handy. Ich nahm ab und sofort fing Julin an zu reden.

»Wie geht es unserem Würmchen?«, schmunzelnd klemmte ich mir mein Handy zwischen Schulter und Ohr, damit ich während des Gespräches weiterhin bügeln konnte.

»Alles ist super, es wächst von Tag zu Tag und Dr. Schneider ist sehr zufrieden!«

»Du rettest mir den Tag! Wie geht's es dir, meine Schönheit?«

»Nach so einer Nachricht? Unglaublich gut, aber du fehlst mir!«, er seufzte laut auf und sprach in einem traurigen Ton weiter.

»Engel, du glaubst nicht, wie sehr du mir fehlst! Ich kann unsere Stunde nächste Woche kaum noch abwarten!«

»Ich auch nicht! Wieso habe ich dir den Tag gerettet? Ist etwas passiert?«

»Tobi wurde vorgestern schon wieder zu einem Drogentest abgeholt.«

»Und?«

»Positiv. Jetzt liegt er hier und ist auf kaltem Entzug. An Schlaf ist nicht zu denken.«

Mitfühlend baute ich ihn auf, denn es waren nur noch ungefähr vier Monate, die er überstehen musste. Er erzählte oft von Tobi, der in seinem Leben auch nie viel Glück gehabt hatte. Er teilte dasselbe Schicksal wie Taylor, der in seiner Vergangenheit oft gemobbt und geschlagen wurde. Ich wusste viel darüber, denn Taylor hatte mir oft davon erzählt, wenn er wieder Albträume hatte. Gegenüber seiner Kindheit wuchs ich in einer heiligen, aber sicheren Blase auf.

»Dein letzter Brief hat mir gefallen, Salo. So kannst du ruhig öfter schreiben ...!«, ich hörte es an seiner Stimme, dass auf seinem Mund ein Lächeln lag. Ich habe in den letzten Wochen festgestellt, dass ich nicht nur komische Gelüste nach Essen hatte -eine ganze Packung Fleischsalat mitten in der Nacht-, sondern auch Gelüste nach Julin. In meinem letzten Brief erzählte ich ihm davon. Von meinen Vorstellungen, meinen Träumen, meinen Gedanken, die sich nur um ihn und mich drehten. Bis zuletzt habe ich überlegt, ob ich ihn wirklich abschicken sollte. Immerhin wurde er nicht nur von Julin, sondern auch von den Prüfern gelesen. Doch mein hormongesteuertes Ich lief einfach zum Briefkasten und warf ihn ein.

»Wird die Antwort denn auch so ausführlich?«

»Lass dich überraschen!«, wir spaßten noch wenige Minuten miteinander rum, als auch schon das Telefon abgeholt wurde und wir uns für die nächsten Tage verabschieden mussten. Wieder musste ich ihm versichern, dass alles real war und wir auf uns aufpassten. Wie jedes Mal, wenn das Tuten der Leitung ertönt, wurde mein Herz etwas schwerer.

Als ich mein Handy aus der Hand legen wollte, sah ich, dass zwei neue Nachrichten eingegangen waren und öffnete sie sofort. Die erste stammte von Taylor.

Kleines, ich freue mich schon so auf dich! Weißt du schon ungefähr, wann du ankommst?

Ich antwortete ihm, dass ich schon am frühen Nachmittag da sein sollte, und öffnete die zweite Nachricht, die von Katrin war.

Hast du deine Untersuchung gut überstanden? Hat mich sehr gefreut, dich kennenzulernen! Vielleicht hast du die Tage mal Zeit für einen koffeinfreien Kaffee?

Sofort antwortete ich ihr, denn ich selbst hatte vor, ihr noch heute zu schreiben. Es könnte mir ganz guttun, Kontakt mit einer anderen Schwangeren zu haben. Und dann auch noch mit jemandem in meinem Alter.

Alles lief super! Ich würde einen Tee bevorzugen, aber Zeit hätte ich! Wie sieht es morgen aus?

Ich musste nicht lange warten, bis eine Antwort kam.

Sehr gerne! 16 Uhr im Café ‚Durchblick'?

Ich kannte das Café, da es nur wenige Meter von meiner Arbeitsstelle entfernt war, sodass ich es pünktlich schaffen sollte. Ich sagte ihr also zu und hatte nach langer Zeit noch mal etwas, außer Julin, auf das ich mich freuen konnte.

***

Ich lief durch den Regen und war unglaublich froh, als ich endlich die schmale Glastür sah. Sofort öffnete ich sie und ein leckerer Geruch nach Brötchen, Kuchen und Kaffee kam mir in die Nase. Ich legte meinen Regenschirm beiseite und hing meinen Mantel an die Garderobe, als mir Katrin schon zuwinkte. Die große, blonde Frau mit dem wunderschönen Babybauch stand auf und umarmte mich herzlich; war mir sofort sympathisch.

»Wartest du schon lange?«

»Nein, ich bin auch erst seit fünf Minuten hier.«

Als die Kellnerin auf uns zukam, bestellten wir uns beide einen Pfefferminztee und je zwei verschiedene Törtchen, die einfach zu verführerisch aussahen, um sie nicht zu essen.

»Du glaubst gar nicht, wie sehr ich mich auf unser Treffen gefreut habe! Ich kenne noch keinen Menschen hier und muss ganz ehrlich sagen, dass mir bisher nur komische Leute begegnet sind. In meinem Vorbereitungskurs für die Entbindung treffe ich immer nur ältere Frauen, die sich durch und durch nur über die Kirche, Gott und die neuesten Backrezepte unterhalten!«, sie lachte laut auf und steckte mich sofort damit an.

»Das wird dir noch öfter passieren! Aber, keine Angst, ich bin froh, wenn wir nicht über die Kirche sprechen!«

»Da habe ich ja Glück gehabt, denn damit habe ich nichts am Hut! Meine Tante allerdings geht jede Woche zur Messe und will mich zwingen, mit ihr zu kommen. Meine Sünden reinzuwaschen. Kannst du dir das vorstellen?«

»Glaub mir, das kann ich zu gut! Meine Eltern zwingen mich schon mein Leben lang dazu!«

»Sie sind also auch religiös?«

»Noch viel mehr als das!«, wieder lachten wir gemeinsam und hielten uns nur kurz zurück, als unsere Getränke und die Törtchen serviert wurden.

»Darf ich dich fragen, warum du bei deiner Tante lebst?«, Katrin schob sich grade ein großes Stück von ihrem Erdbeertörtchen in den Mund und stöhnte zufrieden, was ich ihr gleichtat. Sie waren wirklich köstlich.

»Meine Mutter und ich lebten in einer kleinen Zweizimmerwohnung, am Stadtrand. Für ein Kind wäre kein Platz gewesen und ich glaube bis heute, dass meine Mutter auch kein Interesse daran hatte, einen schreienden Säugling um sich zu haben. Weißt du, sie war ziemlich sauer, als ich ihr von der Schwangerschaft erzählt habe. Sie hat mehrmals mit meiner Tante darüber gesprochen und ich habe oft mitgehört. Irgendwann sagte sie dann, dass ich zu ihr ziehen sollte, damit der Kleine in einem besseren Umfeld aufwachsen könnte. Doch im Endeffekt war sie nur froh, mich endlich los zu sein.«

»Du hast also kein gutes Verhältnis zu ihr?«

»Das hatte ich mal, aber es ist lange her. Wir haben uns oft gegenseitig das Leben schwer gemacht, und als ich ihr von der Schwangerschaft erzählte, wurde sie an ihre eigene jungend erinnert. Auch sie ist mit 18 schwanger geworden und mein Vater hat es verleugnet. Das war wohl ein ziemlicher Schock für sie!«

»Der Vater deines Kindes will es also auch nicht?«, erstaunt und entsetzt sah ich sie an und rührte gleichzeitig Zucker in meinen Tee.

»Er weiß nichts davon, da ich ihn so gut wie gar nicht kenne. Wir haben uns auf einer Party kennengelernt und hatten nur etwas ... Spaß ... miteinander. Keine Nummern getauscht, keine Nachnamen. Lange habe ich überlegt, ob ich ihn suchen sollte, doch ich möchte mich nicht an jemanden binden, nur weil ich ein Kind von ihm erwarte.«

Verstehend nickte ich ihr zu und stopfte mir ein weiteres Stück Torte in den Mund.

»Aber genug von mir! Wie sieht es denn mit dem Vater deines Kleinen aus?«, sie hatte es kaum ausgesprochen, da musste ich schon lächeln. Ich hatte selten die Möglichkeit über uns zu sprechen, selbst Taylor wechselte seit Neuestem öfter das Thema.

»Ich habe es ihm vor drei Wochen gesagt und er konnte sein Glück kaum fassen!«, sie seufzte verliebt auf und bat mich, ihr unsere Geschichte zu erzählen. Bestimmt eine halbe Stunde erzählte ich ihr detailgenau, wie wir uns kennengelernt hatten, wie ich ihn aus der Untersuchungshaft holte und wie unser momentanes Leben verlief. Als ich am Ende meiner Erzählungen angekommen war, schaute sie mich verliebt an und konnte kaum fassen, wie viel Glück wir in dieser unglaublichen Situation hatten. Als ich ihr dann noch ein Foto von ihm zeigte, fiel ihre Kinnlade nach unten.

»Was ein heißer Kerl! Aber ich hätte nicht gedacht, dass du auf den Typ Mann stehst!«

»Ehrlich gesagt wusste ich, bis ich vor ihm stand, gar nicht, auf welchen Typ ich stehe ...!«

»Er war dein Erster?«, als ich nickte, wurden ihre Augen groß und ihr Lächeln breiter.

»Jetzt müssen nur noch deine Eltern einlenken und alles wird gut!«, sie sagte das mit solch einer Überzeugung, dass ich plötzlich selbst ein gutes Gefühl bekam.

Noch weitere zwei Stunden verbrachten wir gemeinsam bei Tee und Kuchen, bis wir uns freundschaftlich verabschiedeten. Das sollte nicht unser letztes Treffen gewesen sein …

Kapitel Sechszehn

Julin

Heute war es endlich wieder so weit. Salo kam mich besuchen und ich zählte die Minuten, bis ich sie endlich in meine Arme schließen konnte. Vor zwei Tagen hatte ich zuletzt ihre Stimme gehört und es war viel zu lange her, dass ich sie gespürt hatte. Außerdem machte ich mir ständig Sorgen um sie, denn ich hatte Angst, dass ihr alles irgendwann zu viel wird und ich nicht bei ihr sein konnte. Beruhigter war ich jedoch, als sie mir erzählte, dass sie ein junges Mädchen kennengelernt hatte, mit der sie fast jeden Tag etwas unternahm.

»Wie lange musst du noch warten?«, Tobi lag auf seinem Bett und hätte nicht gleichgültiger klingen können. Seit Tagen war er wieder auf kaltem Entzug und kaum auszuhalten. Er zitterte, übergab sich ständig und stank. Nachts schrie er, schlafwandelte und ständig war er schlecht gelaunt. Ein normales Gespräch war kaum noch möglich.

»Sie müssten mich in den nächsten Minuten abholen. Ich hoffe es zumindest.«

»Aha.«

Er drehte sich wieder um und auch ich beachtete ihn nicht mehr. Ich konnte einfach noch nie verstehen, was die Menschen dazu bewegt, Drogen zu nehmen. Egal wie viel Scheiße ich in meinem Leben schon durchmachen musste, den Halt, den ich benötigte, fand ich immer in Salo. Auch Alkohol trank ich selten, da ich wusste, was er mit einem anstellen konnte. Mein Stiefvater trank schon immer viel zu viel und ich musste als Kind oft genug darunter leiden, psychisch wie auch physisch. Von dem Öffnen der Tür wurde ich aus meinen Gedanken gerissen.

»Du hast Besuch!«

Mit wild klopfendem Herzen und voller Freude folgte ich ihm vor den Besucherraum, vor dem ich erst mal komplett durchsucht wurde. Wie immer konnten sie nichts Auffälliges finden, sodass ich in den großen Raum eintreten durfte. Diesmal saßen schon mehrere Leute dort, doch das dürfte uns kaum stören. Denn wenn ich sie sah, gab es für mich nichts Weiteres zu (beachten/begutachten).

Ich setzte mich an einen kleinen Tisch und wartete einige Minuten, bis die Tür geöffnet wurde und meine Traumfrau den Raum betrat. Sie trug einen langen, weiten, weißen Rock und ein enges, rosa Oberteil. Ihre Haare trug sie offen und etwas gelockt. Wie immer war sie nur leicht geschminkt und sah so wunderschön aus, dass es mir für einen Moment die Sprache verschlug.

»Julin!«, sie kam schnellen Schrittes auf mich zu und fiel mir sofort in die Arme.

»Engel!«, ich nahm sie fest in den Arm und drückte meine Nase in ihre Haare, sog ihren Duft tief ein. Wie sehr hatte ich das vermisst. Als sie den Kopf hob und mich ansah, legte ich meinen Mund auf ihren. Wir küssten uns liebevoll, leidenschaftlich, hungrig, denn wir sehnten uns so lange danach. Bevor wir uns setzten, ging ich wieder auf die Knie und begrüßte meine zweite große Liebe.

»Hallo Wurm. Ich hoffe, du hast Mama nicht so sehr geärgert, sonst werde ich heute das erste Mal mit dir schimpfen müssen!«, Salo fing an zu lachen und zog mich zu ihr hoch. Ich setzte mich auf den Stuhl und zog sie seitlich auf meinen Schoß, wie auch beim letzten Mal.

»Das musst du nicht! Ich kann mich nicht beschweren. Mir ist zwar noch oft übel und ich essen Dinge, die jeden anderen Menschen wohl anekeln würden, aber mir geht es sonst ziemlich gut!«, sie strahlte mich an und ich konnte ihr ansehen, dass sie jedes Wort ernst meinte.

»Das sieht man dir auch an. Du wirst von Mal zu Mal schöner, weißt du das eigentlich?«, ihre Wangen färbten sich rot, als ich meine Worte ausgesprochen hatte, und ich küsste beide.

»Das sagst du jetzt noch! Ich trage seit vorgestern nur noch Röcke, weil mir keine Hose mehr passt. Bald komme ich reingerollt und du musst mich bremsen!«, schmunzelnd zog sie ihr Oberteil hoch und man konnte sehen, dass ihr Bauch schon etwas runder war als sonst.

»Ein Babybauch kann dich nicht entstellen, er macht dich nur noch schöner!«, sie nahm meinen Kopf in ihre kleinen Hände und küsste mich ausgiebig.

»Ich habe dir wieder etwas mitgebracht …!«, erst jetzt bemerkte ich das Bild, welches sie die ganze Zeit in der Hand hielt. Sie gab es mir und ich konnte kaum glauben, was ich darauf sah. Man konnte schon so viel erkennen, es war nicht mehr nur ein heller Punkt.

»Man braucht zwar etwas mehr Vorstellungskraft, aber das hier ist der Kopf, hier sind die Arme, und hier die Beine!«, stolz zeigte sie mir unser Kind, und wenn man es genauer betrachtete, konnte man alles erkennen.

»Es ist wunderschön!«, mit Tränen in den Augen und dem Bild fest in der Hand, legte ich meinen Kopf in ihre Halsbeuge und atmete tief ein und aus. Ich war noch nie ein Mensch, der offen seine Gefühle zeigte, doch wenn es um Salo oder unser Würmchen ging, konnte ich mich kaum zurückhalten. Ich legte meine Hand auf ihren Bauch und streichelte sanft darüber, woraufhin Salo mich verliebt ansah. Ihr Blick ließ mein Herz wieder schneller schlagen und ich musste ihre vollen, wohlgeformten Lippen küssen. Lange Zeit konnten wir unsere Münder nicht voneinander trennen. Als wir uns voneinander lösten, strich sie mit ihren Händen über meine Wange und flüsterte mir ihre Worte zu.

»Du bist jetzt schon ein ganz wundervoller Vater!«, ihre Augen strahlten Vertrauen und Liebe aus, die ich ihr mit jeder Zelle meines Körpers zurückgeben wollte.

»Engel, ich werde alles dafür tun, dass du diese Worte auch in zehn Jahren noch sagen wirst!«, sie lehnte ihre Stirn an meine Brust und ich küsste ihren Scheitel, schloss meine Augen und genoss ihre Berührungen. Als ich sie fragte, wie denn ihr letzter Besuch beim Frauenarzt ablief und was sie bei dem nächsten Termin erwartet, fing sie euphorisch an zu erzählen. Sie ging schon jetzt vollkommen in der Mutterrolle auf.

»… Katrin und ich haben unsere nächsten Termine zusammengelegt, sodass wir gemeinsam fahren können.

Sie kann dich zwar keinesfalls ersetzen, aber wenigstens muss ich so nicht alleine hin. Taylor hat auch schon gefragt, ob er dabei sein könnte, aber ich möchte nicht, dass er einen so intimen Moment miterlebt, der eigentlich dir gehört!«, auch wenn ich ihr schon die ganze Zeit interessiert folgte, wurde ich nun besonders hellhörig. Salo erzählte mir ständig davon, wie oft er sie anrief oder ihr schrieb, doch bei mir verhielt er sich immer komischer. Wenn ich ihn anrief, blockte er meistens ab oder klang desinteressiert. Klar, ich war froh, dass er immer für sie da war, doch ich war ebenfalls eifersüchtig. Er konnte ihr in den letzten und nächsten Wochen so viel geben, zu dem ich nicht in der Lage war.

»Findest du, dass sich Taylor in der letzten Zeit komisch verhält?«, sie runzelte die Stirn und schüttelte nach kurzer Zeit ihren Kopf.

»Mir gegenüber verhält er sich vollkommen normal. Wieso meinst du?«

»Nur so!«, ich wollte nicht näher auf das Thema eingehen, um ihr kein schlechtes Gefühl zu vermitteln. Um das Thema zu wechseln, stellte ich ihr die Frage, die mich am meisten beschäftigte.

»Blocken deine Eltern noch immer ab?«, sie ließ ihre Stirn wieder an meine Brust fallen und seufzte laut auf.

»Und wie! Ich habe das Gefühl, sie können riechen, wenn ich das Thema ansprechen möchte. Entweder müssen sie dann schnell weg oder erzählen belangloses Zeug, um das Thema direkt zu wechseln.«

»Vielleicht sollten wir mit der Offenbarung noch warten, bis ich dabei sein kann …«, dass ich mittlerweile ein wenig eifersüchtig auf Taylor war, behielt ich für mich.

»Und was soll ich sagen, wenn ich einen immer größeren Bauch bekomme? Es zu sagen, wird schlimm, aber es nicht zu sagen, und sie finden es alleine raus, wird schlimmer!«

»Du könntest es auf deinen hohen Schokoladenkonsum schieben!«, schmunzelnd sah ich sie an, als sie mir lachend in die Seite boxte.

»Du bist verrückt, Julin Beck!«, wieder schenkte sie mir diesen ganz besonderen Blick. Ihre Augen strahlten, ihre Mundwinkel zogen sich sanft nach oben und es bildeten sich kleine Grübchen auf ihren Wangen. Sie sah mich an, als wäre ich der einzige Mann auf dieser Welt. Der einzige Mann für sie.

»Verrückt nach dir, Salome Rosenberg!«, ich nahm ihr Gesicht in beide Hände und legte meine Lippen zart auf ihre. Küsste sie, als gäbe es kein Morgen.

»Wie könnte ich das auch nicht sein, Engel. Du trägst mit Stolz und voller Liebe mein Kind unter deinem Herzen, nimmst mich so, wie ich bin. Nenn es Wahnsinn, aber der bloße Gedanke an dich, lässt mein Herz schneller schlagen, und seit du an meiner Seite bist, sehe ich das erste Mal positiv in meine Zukunft. *Unsere* Zukunft.«

In ihren Augen blitzen Tränen auf, die sie sofort versuchte wegzublinzeln, doch es gelang ihr nicht. Sie kuschelte sich an mich und wir genossen die kurze Zeit, die wir noch hatten, im Stillen. Sprechen konnten wir durch die Telefonate und Briefe oft genug, doch sie so nah bei mir zu haben, nutze ich bis aufs Äußerste aus.

Naja, nicht ganz. Denn mein Verlangen nach ihr, dass von Mal zu Mal größer wurde, konnte hier nicht gestillt werden. Mir mussten also die bloße Vorstellung und die wunderbaren Erinnerungen reichen, bis ich endlich wieder mit ihr alleine war.

»Ich weiß nicht, wie ich die nächsten vier Wochen ohne dich aushalten soll …!«, sie sah mich von unten mit ihren großen, wunderschönen Augen an, die vor Tränen schimmerten. Ich zog sie noch näher an mich ran, was schon kaum noch möglich war, und lächelte ihr entgegen.

»Wir haben jetzt schon so viele Stunden, Tage und Wochen geschafft. Kannst du dich noch daran erinnern, was du mir kurz vor meinem Haftantritt gesagt hast? *Wir haben es 8 Jahre geschafft, was sind da 6 Monate?*«, endlich lächelte sie mir entgegen, was mein Herz wieder zum Hüpfen brachte. Mit den kleinsten Gesten und Worten konnte sie Gefühle in mir auslösen, die ich zuvor nicht kannte. Nie habe ich mich komplett gefühlt, denn irgendwas fehlte immer, bis ich sie traf.

Uns blieb nicht mehr viel Zeit, bis wir uns wieder trennen mussten, also verbrachten wir diese Zeit mit leidenschaftlichen Küssen und einer Menge Körperkontakt. Als Salo sich von mir löste, mich mit ihren vom Küssen geschwollenen Lippen und den Augen, die vor Verlangen strotzen, ansah, hätte ich sie am liebsten mit auf meine Zelle genommen. Auch ihre Worte, dass sie es nicht erwarten könnte, endlich wieder mit mir alleine zu sein, machten es nicht besser, denn ich konnte raushören, was sie wirklich damit meinte.

Als die Zeit gekommen war und wir Abschied voneinander nehmen mussten, sank ich wieder vor ihr auf die Knie und hauchte viele kleine Küsse auf ihren Bauch, um mich von meiner kleinen großen Liebe zu verabschieden. Ich genoss ihr leises Lachen, denn ich wusste, dass es in wenigen Momenten anders aussehen würde. Als ich wieder vor ihr stand, zog ich sie mit beiden Händen, die ich um ihre Taille gelegt hatte, an meine Brust. Sie war so klein und so zierlich, dass ich jedes Mal Angst hatte, sie zu zerbrechen. Als ich ihren tiefen Schluchzer hörte, musste ich schlucken. Ich konnte es einfach nicht ertragen, sie traurig zu sehen.

»Am Ende wird alles gut, Engel.«
»Und wenn es noch nicht gut ist, …«
»… dann ist es auch noch nicht das Ende!«, sie lächelte mir entgegen und genau das war der Blick, den ich mir bis zum nächsten Treffen in Erinnerung behielt.

***

Als ich wieder zurückgeführt wurde, begann grade die *Freistunde*, in der wir nach draußen durften, um ein wenig „frische" Luft zu schnappen. Liebend gerne nahm ich das Angebot an, denn die Enge in der Zelle und die Arbeit in der stickigen Schreinerei, konnte ganz schön an den Nerven zerren. Ich setzte mich auf die Bank, die direkt vor dem Zaun stand und die ich während des Hofgangs immer mein Eigen nennen konnte, und atmete tief durch. Wo ich mich vor wenigen Minuten noch völlig komplett gefühlt hatte, konnte ich nun wieder das große Loch spüren, dass die

Trennung jedes Mal mit sich zog. Dieses blöde Gefühl, etwas im Leben meines Mädchens und meines Kindes zu verpassen. Die nächsten Wochen diese Kälte zu spüren, die einen langsam von innen erfrieren lässt.

Mein Blick glitt über den Hof, der außer drei Bäumen und einer kleinen Rasenfläche, nur aus Beton und Zäunen bestand. Einige Häftlinge spielten gemeinsam Fußball, viele starrten einfach nur vor sich hin, andere standen in Gruppen zusammen. Auch Tobi entdeckte ich, der mit zwei ziemlich abgefuckten Typen zusammenstand. Sie schauten unauffällig nach links und rechts, gaben sich dann die Hand. Beim genaueren Hinsehen konnte ich erkennen, dass sie damit etwas austauschten.

Drogendealer.

Ich weiß nicht, wie oft ich in den letzten Wochen mit Tobi über seine Sucht gesprochen habe, und wie oft er mir versprochen hat, hier im Knast nichts mehr zu kaufen. Denn, nicht nur der Konsum von dem gepanschten Zeug war gefährlich, sondern auch die Leute, die es verkauften.

Als er bemerkte, dass ich ihn beobachtete, kam er auf mich zu. Er setzte sich neben mich und versteckte die kleine Tüte in seiner Unterwäsche. Einige Minuten saßen wir nur nebeneinander, bis er die Stille durchbrach.

»Du weißt, dass ich das Zeug brauche …!«, er sah mich unschuldig und mit traurigen Augen an. Ich blickte wieder in Richtung der anderen Häftlinge, die sich über ein geschossenes Tor freuten, als hätten sie die Weltmeisterschaft gewonnen.

»Niemand braucht es.«

»Julin, du siehst doch selber, wie ich drauf bin, wenn ich nichts nehme. Siehst du das?«, er hielt mir seine Hände entgegen, die ununterbrochen zitterten.

»Es hört erst auf, wenn ich eine Line gezogen habe.«

»Es würde auch aufhören, wenn du den verdammten Entzug durchhältst!«, mein scharfer Ton brachte ihn zum Schweigen und er sah betrübt zu Boden.

»Wie hast du das Zeug eigentlich bezahlt? Hast du nicht letzte Woche noch gesagt, dass du pleite bist?«, er knetete seine Hände und sah mich nicht an, scharrte mit dem Fuß über den Boden.

»Ich habe es auf Schulden gekauft …«, entgeistert blickte ich zu ihm.

»Du hast *was*? Weißt du eigentlich, was mit dir passiert, wenn du die Schulden nicht begleichen kannst?«

»Ich werde sie aber begleichen können! Sie haben mir eine Woche gegeben. Bis dahin wird meine Mutter schon dafür gesorgt haben, dass ich Geld habe!«, kopfschüttelnd stand ich auf und ging in Richtung Eingang, da die Freistunde eh bald vorbei war. Auch wenn ich mich gut mit ihm verstand und etwas Mitleid mit ihm hatte, wollte ich mich nicht in kriminelle Machenschaften reinziehen lassen, denn damit riskierte ich nicht nur meine Freilassung, Salo und mein Kind, sondern im schlimmsten Fall auch meine Gesundheit oder gar mein Leben!

Es gab nur zwei Gründe, für die ich mein Leben lassen würde.

Und diese zwei Gründe waren grade unterwegs zu meinem besten Freund.

Doch obwohl mich die Tatsache beruhigen und freuen müsste, machte mich die Vorstellung alles andere als glücklich …

Kapitel Siebzehn

Salome

»Meine Güte, Kind! Du hast ja momentan einen Appetit. Das kennt man so gar nicht von dir!«, ich saß mit meinen Eltern an ihrem großen Esszimmertisch und schaufelte schon die zweite Portion Hirschgulasch mit Semmelknödeln und Rotkohl in mich rein. Seit gut zwei Wochen dachte ich Tag und Nacht nur noch an Essen. Ob süß oder salzig war egal, am besten alles gemischt und in großen Mengen!

»Ich ... ehm ... habe heute Morgen nicht gefrühstückt.«

»Salome, das Frühstück ist die wichtigste Mahlzeit des Tages!«, mein Vater blickte über seiner schmalen Brille hinweg und sah mich an. Dass ich zum Frühstück schon zwei Brötchen und Rührei hatte, mussten sie ja nicht wissen. Doch durch die großen Portionen, die ich momentan aß, hätte ich wenigstens meinen kleinen, rundlichen Bauch erklären können. Mit einem engen oder ganz ohne Oberteil, sah man eine wundervolle Wölbung, denn ich war mittlerweile in der vierzehnten Woche. In der Öffentlichkeit sah man mich daher nur noch mit Tunika oder einem weiten Sommerkleid, denn hier, in unserem kleinen Ort, kannte wirklich jeder jeden. Auch der Zeitpunkt der Offenbarung rückte immer näher. In der nächsten Woche, nachdem ich bei Julin war, sollte Taylor mich zurückbegleiten, um mir beizustehen. Er freute sich schon seit Wochen darauf, was ich allerdings nicht behaupten konnte.

Als ich meinen Eltern von Katrin erzählte, waren sie über ihre Schwangerschaft so geschockt, dass ich mehr zweifelte, als je zuvor. Sie benahmen sich, als lebten sie in einer anderen Zeit. Heutzutage war es doch nichts Schlimmes mehr, außerhalb einer Ehe Kinder zu zeugen. Die Tatsache, dass sie den Vater des Kleinen kaum kannte, ließ ich außen vor. Wahrscheinlich wären sie sonst sofort zu ihr gefahren und hätten sie bekehren wollen.

»Salome?«, ich wurde aus meinen Gedanken gerissen und schaute von meinem Teller hoch. Meine Eltern sahen mich fragend an.

»Mh?«

»Das heißt ‚wie bitte‘, Salome!«, schnaufend verdrehte ich die Augen und betonte meine Worte extra schärfer.

»Wie bitte?«

»Wir haben dich gefragt, ob du uns morgen zu deiner Tante begleiten möchtest! Sie hat uns zu Kaffee und Kuchen eingeladen.«

»Aus welchem Grund?«, es war selten, an einem Montag zu ihr eingeladen zu werden. Familientreffen gab es eigentlich nur an Sonntagen nach der Kirche.

»Deine Cousine Franziska hat sich verlobt und sie möchten uns gerne ihren Verlobten vorstellen. Ein ganz toller Mann. Spendet der Kirche im Jahr unglaublich viel Geld und setzt sich auch sonst für jeden ein. So einen Mann würden wir uns auch an deiner Seite wünschen, Salome!«, entgeistert sah ich sie an und konnte nicht glauben, was ich da hörte.

»Ihr wollt also ihren Verlobten kennenlernen, aber noch nicht mal den Namen meines Freundes wissen?«

»Deines Bekannten!«, mein Vater sah wieder über seine Brille, doch diesmal nicht so freundlich wie zuvor. Seine Stirn warf Falten und sein Mund glich einem Strich.

»Er ist mein Freund! Nein, er ist nicht nur mein Freund, er ist meine große Liebe, und zudem noch ...«, ich stockte ... jetzt bloß nicht das aussprechen, was ich sagen wollte.

»Zudem noch was?«, sauer sah meine Mutter mich an.

»Ehm ... alles, was ich brauche. Alles, was ich möchte. Alles, was zählt! Könnt ihr das bitte einfach akzeptieren?«

»Das ist doch alles nur eine Phase! Du solltest langsam anfangen dich um deine Zukunft zu sorgen. Wir waren in deinem Alter schon verheiratet, haben ein Haus gebaut und kurze Zeit darauf bist du geboren. So sollte es auch sein. Das haben wir dir auch schon gesagt, als du auf die verrückte Idee kamst, dir ein Haus zu kaufen.«

»Und ihr meint wirklich, nur, weil ich schon ein Haus habe, läuft mein Leben aus dem Ruder?«

»Natürlich nicht, aber es läuft auch nicht so, wie wir es uns für dich vorgestellt haben!«

»Es ist aber nicht euer Leben, sondern meines! Vielleicht solltet ihr das endlich mal verstehen!«, ich stand auf, schaute traurig auf meinen halb vollen Teller, den ich gerne noch leer gegessen hätte, und ging aus dem Raum. Wenn ich mich recht erinnerte, wurde in den letzten Wochen jedes Gespräch, das nur in etwa in

Richtung ‚meines Lebens' verlief, so beendet. Ich schloss die Haustür hinter mir und wählte die Nummer, die ich in letzter Zeit am häufigsten wählte.

»Na, wieder Stress mit den Eltern?«
»Frag nicht! Hast du Zeit für einen Tee?«
»Ich bin in 15 Minuten da!«

***

Ich setzte mittlerweile die zweite Kanne Tee auf, denn wenn Katrin und ich zusammensaßen, blieb es nie bei nur einer Tasse. Viel zu viel gab es zu quatschen, obwohl wir fast jeden Tag miteinander telefonierten oder schrieben.

»Schnell … deine Hand!«, sie kam auf mich zu und griff schon nach meiner Hand, die sie mir sofort darauf auf ihren Bauch legte. Kurz drauf drückte es gegen meine Handfläche.

»Spürst du das?«, ihre Augen strahlten förmlich, als ich ihr zunickte. Ich konnte in diesem Moment einfach nichts sagen, denn es fühlte sich großartig an.

»Er ist sonst eher ruhig, aber seit drei Tagen kann ich es sogar deutlich sehen, wenn er sich bewegt. Auch wenn es nicht grade angenehm ist … du wirst es lieben!«

»Das ist wirklich … unglaublich!«, als es im Bauch wieder ruhiger wurde, nahm ich meine Hand weg und wir setzten uns zurück auf die Couch. Julin redete am Telefon oft davon, wie sehr er sich auf den Moment freute, bei dem er zum ersten Mal unser kleines Wunder spüren konnte. Mein Chef, der seit Neuestem über die Schwangerschaft informiert war und sich riesig für uns freute, hatte durchsetzen können, dass wir nicht nur zwei-, sondern dreimal die Woche telefonieren durften. Doch Briefe schrieben wir uns weiterhin. Den letzten Brief hielt ich gerade in der Hand, denn er war erst vor wenigen Minuten angekommen.

»Das ist ja so romantisch, dass ihr euch noch immer schreibt!«, verliebt schaute sie auf den Brief und ich wusste, was sie damit andeuten wollte.

»Keine Sorge! Ich werde ihn laut vorlesen!«, wir lachten beide auf, denn Katrin liebte unseren Briefverkehr und nahm gerne daran teil. Natürlich hatte ich Julin vorher gefragt, ob er damit einverstanden wäre. Er hatte nichts dagegen und schlug vor, bei Briefen, die nicht ‚vorlesbar' waren, ein kleines Ausrufezeichen auf den Umschlag zu malen. Da der heutige Brief ausrufezeichenfrei war, hatte ich keine Bedenken und fing an zu lesen.

»Meine liebste Salo, leider konnte ich dir in unseren Telefonaten nie davon erzählen, was momentan mit Tobi los ist. Immerhin sitzt er die meiste Zeit neben mir, was ich immer mehr bedaure, denn er zieht mich in Dinge, mit denen ich nichts zu tun haben möchte. Vor wenigen Wochen hat er angefangen, seine Drogen auf Schulden zu kaufen. Das heißt, er bekommt sein Zeug, aber bezahlt es erst später und viel teurer. Beim ersten Mal funktionierte es noch, da seine Mutter ihm Geld überwiesen hat, doch er kaufte in der Woche weitere Drogen, die er natürlich nicht mehr bezahlen konnte. Ich ließ ihn seine Mutter von meinem Geld und unserer Zeit anrufen, doch die konnte ihm nichts mehr schicken, da sie selbst kaum noch Möglichkeiten hatte.

Letzte Woche war es dann so weit, dass er beim Hofgang das erste Mal wegen des Geldes angehauen wurde. Sie drohten ihm. Er sollte am nächsten Tag das Geld parat haben, sonst würden sie ihm an jedem weiteren Tag irgendetwas brechen. Auch wenn er es sich nicht anmerken ließ, hatte er wahnsinnige Angst vor ihnen. Er fragte mich auch, ob ich ihm das Geld leihen könnte, doch ich konnte es nicht. Er sollte selbst damit klarkommen und mich nicht in seine dreckigen Geschäfte ziehen. Immerhin war ich sowieso gegen seinen Konsum und für einen Entzug. Am nächsten Tag beim Hofgang war es dann so weit. Sie standen nur wenige Meter von mir entfernt, als Tobi ihnen sagte, das Geld noch nicht zu haben. Der Schweiß stand ihm auf der Stirn und seine Stimme klang zittrig und schwach. Einer der drei Schränke packte ihn am Shirt und zog ihn näher zu sich, woraufhin die anderen beiden sich so stellten, dass sie von den Wärtern nicht gesehen werden konnten. Er nahm seinen Arm in beide Hände, schnellte nach unten, doch kurz bevor er Tobis Arm auf seinem Knie zerbrechen konnte, hielt ich ihn fest. Auch wenn er ziemlich groß war, musste er seinen Kopf leicht heben, um mich anzusehen. Er sah mir direkt in die Augen und entblößte ein richtig fieses Lächeln. Wahrscheinlich, weil sich sonst niemand gegen ihn stellt. Er sitzt wegen Totschlag und Drogenhandel, jeder hier hat Respekt vor ihm. Als er mich fragte, was ich von ihm wollte, wusste ich es ehrlich gesagt auch nicht. Er schaute zu Tobi und fragte ihn, ob ich sein Beschützer wäre, doch Tobi sah mich nur erleichtert und irgendwie dankbar an. Als ich es verneinte, wollte er grade dort weitermachen, wo er aufgehört hatte, und ich griff wieder ein. Ich sagte ihm, dass ich ihm am nächsten Tag das Geld mitbringen werde, und er ließ von Tobi ab. Als wir später wieder in der Zelle waren, bedankte Tobi sich mehrmals bei mir, doch ich sagte ihm, dass ich das Ganze nur ein Mal machen würde, und er musste mir versprechen, keine Drogen mehr bei ihm zu kaufen. Salo, ich weiß einfach nicht, ob ich das Richtige getan habe. Ich habe dein Geld ausgegeben, um die Schulden eines anderen zu begleichen und kann nicht mit Sicherheit sagen, ob er sein Versprechen halten wird. Zudem bringen mich die Dealer jetzt mit ihm in Verbindung, was auch nicht von Vorteil ist. Das Einzige, was mich noch gut schlafen lässt, sind die Erinnerungen an dich, meine große Liebe. Du fehlst mir so sehr, dass ich es nicht annähernd aufs Papier bringen kann. Wie gerne wäre ich doch bei dir, würde jede Nacht Arm in Arm mit dir einschlafen, mit einer Hand auf deinem Bauch, ganz nah an unserem Kind. Ich liebe euch und kann es kaum noch erwarten, dich bald wieder in meine Arme zu schließen.«

Ich legte den Brief beiseite und atmete tief durch.
Ein.
Aus.
Wieder ein.
Und wieder aus.
Wenn ich an die Probleme dachte, die Julin zurzeit zu haben schien, wurde mir ganz anders. Auch Katrin merkte, dass mir die geschriebenen Worte näher gingen, als angenommen. Sie legte eine Hand auf meine Schulter und sah mich mitfühlend an.

»Fuck!«, sie sprach genau das Wort aus, was die ganze momentane Situation am besten beschrieb. Ich nickte nur und nahm einen großen Schluck von meinem mittlerweile nur noch lauwarmen Tee.

»Dein Freund scheint ein ganz schön großes Herz zu haben!«

»Das hat er. Er ist einfach ... zu gut für diese Welt. Und das macht ihn angreifbar. Er sieht so böse ... so unnahbar aus, doch das ist er nicht. Anderen gegenüber vielleicht, aber für seine Freunde -für mich- würde er über Leichen gehen, und ich weiß, dass ihm Tobi in den letzten drei Monaten ans Herz gewachsen ist. Auch wenn er regelmäßig etwas Anderes behauptet.«

Katrin versuchte noch eine weitere halbe Stunde, mich auf andere Gedanken zu bringen, doch all ihre Anstrengungen waren vergeblich. Viel zu sehr beschäftigte mich die Tatsache, dass Julin in seinen letzten drei Monaten in Schwierigkeiten geraten könnte. Mit den Nerven am Ende ließ ich mich ins Bett fallen und schloss meine Augen, sah ihn vor mir und beruhigte mich augenblicklich ein wenig. Ich legte beide Hände auf meinen Bauch und flüsterte meine Worte.

»Bald ist er bei uns und dann wird alles gut. Bald ist Papa wieder da.«

Kapitel Achtzehn

Salome

»Kannst du mir mal das Wasser reichen?«
»Und wie ich das kann!«, ich griff unter den Beifahrersitz, auf den ich zitiert wurde, nahm die Flasche hoch, öffnete sie und gab sie an Taylor weiter, der auf dem Fahrersitz platzgenommen hatte und vor sich hin kicherte. Schon zwei Stunden waren wir unterwegs, entfernten uns immer weiter von der lauten Stadt - und Julin. Der gestrige Besuch bei ihm ließ mein Herz für eine Stunde heilen, doch es zerbrach wieder, als ich durch das große Tor der JVA ging. Er war so liebevoll und glücklich gewesen, als ich vor ihm auf dem Tisch gesessen hatte und er, ganz nah an meinem Bauch, unserem kleinen Wurm erzählt hatte, wie sehr er uns doch liebt. Wir sprachen nicht über die schlechten Dinge, die momentan um uns passierten, sondern nutzen diese Zeit ausschließlich für Berührungen und andere Zärtlichkeiten. Er machte mir Mut für das bevorstehende Gespräch mit meinen Eltern und musste ein paar Tränen wegblinzeln, als er mir sagte, wie gerne er selbst dabei wäre, um mir beizustehen und ein normales Leben mit mir zu beginnen. Er bat mich auch, nichts von seinem Gefängnisaufenthalt zu sagen, denn er wollte nicht ein noch schlechteres Bild abgeben, als sie eh von ihm hatten.

»Und du bist dir ganz sicher, dass du es ihnen erst morgen sagen willst?«, Taylor gab mir die Flasche zurück, aus der auch ich einen Schluck nahm.

»Ich habe es Julin versprochen. Er kann erst morgen Abend wieder telefonieren und möchte nach dem Gespräch für mich da sein.«

»Aber ich bin doch da! Ich bin bei dir und kann dir persönlich besser beistehen, als Julin am Telefon!«, ich verschloss die Flasche und verstaute sie wieder unter dem Sitz, als Taylor seine Hand auf meine Schulter legte.

»Tut mir leid, aber … du bist nicht er. Ich bin dir unglaublich dankbar, dass du das für mich -für uns- tust, doch ich weiß auch, dass er der Einzige sein wird, der mich in so einer Situation beruhigen kann!«, ich legte meine Hand entschuldigend auf seine, die noch immer auf meiner Schulter ruhte.

»Vielleicht musst du ja überhaupt nicht beruhigt werden …!«

»Wie meinst du das?«

»Es kann doch sein, dass sie sich über einen Enkel freuen. Dass deine Angst vollkommen unbegründet ist!«, mit gerunzelter Stirn sah ich ihn an, was er nur mit einem fragenden Blick kommentierte.

»Eine Wunschvorstellung, die so niemals passieren wird. Ich könnte mir eher vorstellen, dass sie mich enterben … oder in eine Badewanne voller Weihwasser stecken. Kreuzigen wäre auch noch eine Möglichkeit, die ich in Betracht ziehe.«

Taylor lachte laut auf, doch ich rechnete mit hohen Konsequenzen, wenn auch nicht so hoch wie beschrieben. Nichts ging über das Ansehen der Familie und genau das gefährdete ich mit meiner unehelichen Schwangerschaft.

»Ich verspreche dir hiermit, dass ich jegliche Gewaltanwendung gegen dich und den Wurm mit vollstem Körpereinsatz verhindern werde!«, da er sich theatralisch an die Brust fasste, die Stimme ritterlich verstellte, und dabei ein Gesicht machte, dass hochachtungsvoller nicht sein könnte, lachte ich laut auf und bekam mich kaum noch ein. Die restliche Fahrtzeit verging wie im Flug, denn Taylor lenkte mich mit seiner lustigen Art so gut ab, dass ich kaum einen Gedanken an die Entfernung zu Julin, und keinen Gedanken an meine Eltern verschwendete. Zu Hause angekommen führte ich ihn durch jeden Raum und beobachtete ihn dabei, wie er immer mehr staunte.

»Salo, ich war, ganz ehrlich, noch nie in einem so schönen Haus!«, ich schmunzelte ein wenig, denn ich wusste, dass weder er, noch Julin, je in einem richtigen Landhaus waren. Sie kannten die Mehrfamilienhäuser der Stadt, doch alles, was hier zu sehen war, war das komplette Gegenteil dazu.

»Warte ab ... du hast die Terrasse noch nicht gesehen!«, ich bedeutete ihm mit einer Handbewegung, dass er mir folgen sollte. Wir gingen durch das Wohnzimmer ins Esszimmer, vor die große Glastür, die direkt auf die mit dunklen Dielen verkleidete Terrasse führte, hinter der sich eine große Wiese befand, die an einem Wald endete. Ich setzte mich auf einen der Gartenstühle, was Taylor mir gleichtat. Mehrere Minuten schwiegen wir, genossen den Ausblick.

»Das ist perfekt! Ich meine ... hörst du das?«, verwirrt sah ich ihn an und fragte vorsichtig nach, denn es war totenstill.

»Was sollte ich hören?«

»Nichts! Kein Autolärm, kein Hupen, kein Geschrei, kein Flugzeug in der Luft ... einfach nichts! Das ist so ... anders ...!«

»Anders gut oder anders schlecht?«

»Da fragst du noch? Salo, wenn ich könnte ... ich würde sofort hier bleiben ... bei dir ...!«, da war er wieder.

Dieser Blick, als wäre ich die einzige Frau auf dieser Welt.

Dieser Blick, als wollte er mir die Welt zu Füßen legen.

Dieser Blick, der mir schon die letzten Male aufgefallen war, doch von dem ich weder Julin noch Katrin erzählt hatte.

Warum auch? Es war mit Sicherheit nur Einbildung. Schwangerschafthormonbedingte Einbildung. Immerhin war er nicht nur mein, sondern auch Julins bester Freund.

»Du bist jederzeit bei uns willkommen. Wir haben immer ein Zimmer für dich frei!«, er nickte mir zu und sah wieder in die Ferne, wobei ich sein Gesicht noch länger betrachtete. Er war das genaue Gegenteil von Julin. Hellblonde Haare, blaue Augen, kleiner und dünner, nicht tätowiert. Jedenfalls nicht sichtbar. Der wahrscheinlich rein äußerlich perfekte Schwiegersohn für meine Eltern. Doch nicht der perfekte Mann für mich.

***

»Bist du bereit?«

»Nein!«

»Ziehst du es trotzdem durch?«

»Ja!«

Wir standen vor der Tür meiner Eltern und es gab keinen Teil an meinem Körper, der nicht zitterte, schwitze oder mit Gänsehaut übersäht war. Nach einem noch ganz gemütlichen Abend bei Pizza und Planung des Gesprächs lag ich die ganze Nacht hellwach im Bett und fühlte mich dementsprechend ausgelaugt und fertig. Nach einem kurzen Frühstück ging ich duschen, um nun mit feuchten Haaren und bebenden Lippen vor meiner eigenen Kreuzigung zu stehen. Doch ich musste es tun, kein Weg ging daran vorbei. Ich musste es tun … für uns.

Mit zitternden Händen betätigte ich die Klingel und ging ein Stück zurück, sodass ich neben Taylor zum Stehen kam, der mir mit seiner bloßen Anwesenheit unglaublich viel Halt gab.

Schritte waren zu hören. Meine Mutter, bewaffnet mit einem Spültuch und einer noch tropfenden Tasse, öffnete die Tür und riss erschrocken die Augen auf. Sie sah von mir zu Taylor und wieder zurück. Unerwarteterweise ließ sie nicht die Tasse fallen und lief schreiend davon, sondern … lächelte.

»Hallo Mama. Dürfen wir reinkommen?«

»Aber natürlich!«, sie trat einen Schritt zur Seite und bewegte ihren Arm einladend Richtung Esszimmer.

Taylor und ich sahen uns zweifelnd an und kamen der Einladung nach, wenn auch etwas verhalten. Mein Vater saß an dem großen Esszimmertisch und las eine Zeitung. Scheinbar hatten sie erst kurz zuvor gefrühstückt, denn seine Tasse stand noch gefüllt vor ihm.

»Josef, schau, wer uns besuchen kommt! Kinder, wollt ihr etwas trinken?«, mein Vater legte die Zeitung beiseite und schreckte kurz auf, als er Taylor sah.

»Einen Kaffee, wenn es Ihnen keine Umstände bereitet, Frau Rosenberg.«

Verzückt klatschte meine Mutter in die Hände, als hätte Taylor mit einem Satz die Welt von Hunger und Krieg befreit.

»Keinesfalls! Salome, möchtest du auch einen Kaffee?«

»Einen Tee, bitte.«

Grade, als meine Mutter das Esszimmer verlassen wollte, meldete sich Taylor zu Wort.

»Wo bleiben meine Manieren! Jetzt stehe ich schon in ihrem Haus und habe mich noch nicht einmal vorgestellt! Mein Name ist Taylor Schmidt und es freut mich sie endlich kennenzulernen, Herr und Frau Rosenberg!«, er ging auf meine Mutter zu und gab ihr die Hand, was ihre Wangen sofort rötlich färbte. Er wiederholte dasselbe Spiel bei meinem Vater, der anerkennend nickte.

»Mich freut es ebenso. Nenn mich doch bitte Josef!«, mit strenger Stimme, doch für meinen Vater schon kaum noch an Freundlichkeit zu übertreffen, sprach er die Worte aus, mit denen ich nie gerechnet hätte. Auch meine Mutter bat Taylor, sie beim Vornamen zu nennen.

Wer sind diese Menschen und was haben sie mit meinen Eltern gemacht?

Wir setzten uns an den Tisch, als auch schon meine Mutter mit den Getränken kam und sich zu uns setzte.

»Mama, Papa, wir sind hier, weil ich euch etwas sagen muss!«, mein Vater richtete seine Brille, die ihm ein Stück von der Nase gerutscht war, während meine Mutter einen Keks in ihren Kaffee tunkte.

»Ich … ich …«, meine Stimme versagte und ein großer Kloß bildete sich in meinem Hals, der mich die fälligen Worte nicht aussprechen ließ. Ich spürte Taylors Hand auf meinem Rücken, doch es beruhigte mich nicht. Es fühlte sich falsch an.

»Du schaffst das! Sprich es einfach aus, alles läuft super!«, die Blicke meiner Eltern wurden stechender und ich fühlte mich von Sekunde zu Sekunde unwohler, doch ich musste es tun. Ein paar Minuten mutig sein für ein hoffentlich ewiges, glückliches Leben.

»Ich bin schwanger!«, die Worte verließen meinen Mund so schnell, dass es kaum verständlich war, doch scheinbar hörten meine Eltern es laut und deutlich, denn jegliche Gesichtsfarbe verließ die beiden. Mehrere Sekunden herrschte absolute unangenehme Stille, bis meine Mutter, die noch immer wie erstarrt auf mich sah, ihren Keks mit einem lauten Plätschern in den Kaffee fallen ließ.

»Salome, du sagst jetzt bitte sofort, dass es ein Scherz war …!«, wenn Blicke töten könnten, wäre ich wahrscheinlich in diesem Augenblick von meinem Stuhl gekippt. Meine Mutter starrte nun nicht mehr; sie durchbohrte mich mit ihrem Blick, währen mein Vater noch erstarrt und still vor mir saß.

»Es war kein Scherz. Ich bin schwanger, in der ...«

»Nein!«, meine Mutter sprang auf und schleuderte ihre Tasse quer durch den Raum, was auch meinen Vater endlich aus seiner Starre holte.

»Raus!«, auch mein Vater stand nun und streckte seinen Arm in Richtung Haustüre, sah Taylor dabei an, wie ein Löwe das Lamm. Doch er regte sich nicht, genauso wie ich.

»RAUS HABE ICH GESAGT!«

»Ich werde nicht gehen. Ich bleibe bei Salo, ob sie wollen oder nicht!«, nun mischte sich meine Mutter wieder ein, die mittlerweile Halt suchend neben meinem Vater stand.

»Erst entehrst du unser Kind, drehst ihr selbst ein Kind an und nun willst du auch noch entscheiden, wer in unserm Haus bleiben darf und wer nicht?«, zum Ende des Satzes schrie sie schon fast, sodass ich kaum realisierte, was sie da sagte. Doch plötzlich machte es klick.

»Er ist nicht der Vater! Taylor ist ein sehr guter Freund von mir und das wüsstet ihr auch, wenn ich mir nur EIN MAL zuhören würdet! Hättet ihr nur ein wenig Interesse an meinem Leben und würdet nicht alles sofort ablehnen, wüsstet ihr, dass mein FREUND Julin heißt. Julin Beck. Er ist der Vater meines Kindes.«

Meine Eltern sahen sich an und ich wusste, dass es nichts Gutes zu bedeuten hatte.

»Und warum ist er dann nicht hier?«, die Frage, auf die wir uns am meisten vorbereitet hatten. Lange hatten wir überlegt und uns dazu entschieden, die Arbeit vorzuschieben. Meine Eltern waren schon immer der Meinung, dass der Mann für die Familie sorgen musste und somit arbeiten ging, während die Frau sich zu Hause um die Kinder kümmert. Wenn sie also sehen würden, dass er sich für die Familie anstrengt, wäre das ein Pluspunkt. Ich wollte grade anfangen, ihnen die Geschichte der gut bezahlten Montage aufzutischen, als Taylor das Wort ergriff.

»Er sitzt im Gefängnis.«

Geschockt sah ich ihn an und konnte nicht fassen, was er da gesagt hatte. Wie er es gesagt hatte. Als wäre Julin der größte Abschaum überhaupt. Tränen der Wut und Enttäuschung brannten in meinen Augen, die es sich nicht lohnte wegzublinzeln. Meine Mutter schlug die Hände vor ihr Gesicht, während mein Vater mit seiner Faust kräftig auf den Tisch schlug.

»Einen Straftäter? Du lässt dich von einem Kriminellen schwängern? Weswegen wurde er verhaftet?«, mein Vater kam langsam auf mich zu und seine Stimme war beunruhigend ruhig.

»Er ... hat seine Mutter verteidigt und es war alles gar nicht so, wie ...«

»WESHALB?«, nun stand er genau vor mir und schrie mich an, woraufhin ich schreckhaft zusammenzuckte. Fast flüsternd sprach ich die nächsten Worte aus.

»Schwerer Körperverletzung. Aber er ...«

»RAUS! BEIDE! BEVOR ICH MICH VERGESSE!«, mein Vater packte Taylor und mich an den Oberarmen, schleifte uns zur Tür und schmiss uns hochkant raus.

»Bitte, Papa. Wenn ihr mir nur kurz zuhört, dann werdet ihr verst …«

»Ich will nichts mehr hören, Salome. Du bringst Schande über unsere Familie, du hast vor der Ehe gesündigt, bekommst ein uneheliches Kind und das auch noch von einem kriminellen Schwerverbrecher. Wir haben schon vieles in deinem Leben toleriert, aber das hier … das geht zu weit.«

Mittlerweile liefen Tränen meine Wangen herab und ich hatte das Gefühl, kaum noch atmen zu können.

»Lasst es mich doch bitter erklären, dann …«

»Nein! Du bringst deine Mutter und mich noch ins Grab! Wie oft haben wir für dich gebetet, dass du endlich normal wirst, dich mit den anderen aus dem Kirchenkreis verstehst und ein normales Leben führst. Wie sehr hatten wir gehofft, dass du dir ein Beispiel an deiner Cousine nimmst, die ihren Mann ebenfalls hier gefunden hat. Wir dachten, der Glaube würde dir etwas bedeuten, doch scheinbar ist dem nicht so. Du bist eine große Enttäuschung für uns und die Kirche.«

Ich schluchzte laut auf, denn die Worte schmerzten, als hätte er mir mit voller Wucht ins Gesicht geschlagen. Ein letzter Blick fiel auf meine Mutter, die bitterlich weinte, doch gleichzeitig so sauer aussah, als würde sie jeden Moment explodieren.

Dann wurde die Tür geschlossen.

Ich weiß nicht, wie lange ich vor der verschlossenen Tür stand, doch ich konnte mich nicht bewegen. Erst, als ich eine Hand auf meiner Schulter spürte, erwachte mein Körper wieder zum Leben. Ruckartig drehte ich mich um, sodass Taylor zusammenschreckte und seine Hand von zurückzog.

»DU! Was fällt dir eigentlich ein, meinen Eltern von der Haft zu erzählen? Du hast mir versprochen, dass du dich an den Plan halten wirst!«, mit erhobenem Zeigefinger ging ich auf ihn zu und durchbohrte ihn mit meinen Blicken. Die Tränen liefen weiter und ich machte mir nicht die Mühe, sie zurückzuhalten.

»Salo, ich bin einfach der Meinung, dass die Wahrheit am besten ist. Julin *ist* ein Krimineller und ich kann deine Eltern verstehen. Sie wollen doch nur dein bestes und Julin ist nicht das Beste für dich …«

»Ach nein? Glaubst du etwa, du wärst besser für mich?«, herausfordernd sah ich ihn an, doch seine Miene veränderte sich kein bisschen. Ich wusste die Antwort schon, bevor er etwas sagte.

»Hast du nicht die Reaktion deiner Eltern gesehen, als sie mich kennengelernt haben? Und glaubst du, dass sie Julin auch so behandelt hätten? Ihm sieht man sofort an, dass er genau dahin gehört, wo er jetzt ist. Du hast etwas Besseres verdient, Salo! Du hast mich verdient!«, inzwischen war er mir so nah gekommen, dass ich kaum ausweichen konnte. Mit seinem Blick visierte er meine Lippen an und kam mir immer näher. Reflexartig schlug ich ihm mit meiner flachen Hand auf die Wange, was ihm kaum wehtun konnte, doch er wich zurück, sodass ich die Flucht ergreifen konnte. Ich rannte zu meinem Auto, stieg ein und fuhr los.

Mit verschleiertem Blick.

Tränen auf dem Gesicht.
Gebrochenem Herzen.
Einfach weg.

Kapitel Neunzehn

Julin

Noch zehn Minuten.
Zehn *verdammte* Minuten, die ich aushalten musste, bis ich Salo anrufen konnte.

Den ganzen Tag konnte ich an nichts anderes denken, als das Gespräch, das sie vor sich hatte.

Wie schwer es ihr fallen musste.

Wie gerne ich dabei wäre.

Wer statt mir dabei war.

Seit mehreren Wochen versuchte ich Taylor nun zu erreichen … immer ohne Erfolg. In den fast vier Monaten, die ich schon hier saß, hatte ich ihn nur ganze fünf Mal am Telefon gehabt. Doch er war jedes Mal so verhindert, sodass ich nur wenige Minuten mit ihm sprechen konnte. Ich kannte meinen „besten Freund" in und auswendig und wusste, dass etwas nicht stimmte. Und da er sich mir nicht anvertraute, musste es etwas mit mir zu tun haben … oder mit Salo, was meine schlimmste Befürchtung war.

Noch sieben Minuten.

Ich klopfte nervös mit meinen Fingern gegen die Wand neben der Tür, an die ich mit meiner Stirn gelehnt war. Seit gestern war er bei ihr, vorgestern hatte ich sie zuletzt gesehen. Wie bildschön sie ausgesehen hatte, in ihrem engen Blümchentop, das sie sich von Katrin geliehen hatte, da es ihr sowieso nicht mehr

passte. Der wunderschöne, schon ziemlich sichtbare
Babybauch zeichnete sich ab und ich wünschte mir
nichts mehr, als ihn täglich selbst wachsen zu sehen.
Keine Millisekunde hatten wir uns losgelassen, jeden
Körperkontakt ausgekostet.

Noch fünf Minuten.

»Und? Was sagt dir dein Gefühl?«, Tobi, der auf
einem unserer Stühle saß und ein Kreuzworträtsel löste,
fieberte schon den ganzen Tag mit mir mit.

»Ich habe keine Ahnung, ich kenne ihre Eltern ja nur
von ihren Erzählungen. Fuck … ich breche hier noch
zusammen!«, ich strich mir mit beiden Händen über
mein Gesicht, fuhr mir danach durch die Haare.

Noch drei Minuten.

Ich sah zu meiner Fotowand, an der mittlerweile
mehrere Bilder von Salo hingen, die sie mir entweder in
ihren Briefen mitschickte oder bei ihren Besuchen
mitbrachte. Auch alle Ultraschallbilder, die es bisher von
unserem Wunder gab, hingen dort.

»Immer mit der Ruhe. Es müsste doch jeden Moment
klopfen.«

Er hatte es noch nicht ganz ausgesprochen, da klopfte
es schon und die Tür öffnete sich.

»Hier ist das Telefon. 30 Minuten, danach hole ich es
wieder.«

Ich riss ihm das Telefon regelrecht aus der Hand,
setzte mich auf mein Bett und tippte mit zitternden
Fingern ihre Nummer ein. Der Freizeichenton erklang
und scheinbar erwartete sie meinen Anruf schon, denn
sie ging sofort dran.

»*Julin ...*«, mit einem tiefen Schluchzen sprach sie meinen Namen aus, was mir sofort die Tränen in die Augen und den Schweiß auf die Stirn trieb.

»Engel ... ganz ruhig! Ich bin jetzt bei dir ... wie ... wie lief es?«

»*Es war furchtbar, Julin. Sie ... sie hassen mich! Und Taylor ...*«

»Was ist mit ihm? Was hat er gemacht?«, sollte er ihr auch nur ein Haar gekrümmt haben, würde er das spätestens jetzt schwer bereuen.

»*Er hat ihnen gesagt, dass du im Gefängnis bist, weil er ... weil er selbst findet, dass du ein Krimineller bist, der nicht zu mir passt und das er ...*«, es wurde still und sie schluchzte ein weiteres Mal tief, was sich jedes Mal anfühlte, als würde mir jemand ein Messer ins Herz stecken.

»Dass er was, Engel?«

»*Das er besser zu mir passen würde ...!*«, da war es wieder, dass Messer, denn nun brach sie regelrecht zusammen. Ihre Atmung war so schnell, dass man sie kaum noch realisieren konnte und ihr Schluchzen wurde noch lauter, tiefer, unkontrollierter.

»Shh, Salo. Beruhig dich ... wo bist du jetzt?«, sanft redete ich auf sie ein, denn jetzt zu hyperventilieren war nicht gut für sie und unser Kind.

»*Ich ... ich sitze im Auto ... ich musste einfach weg ... Julin, er wollte mich küssen! Ich musste ... einfach weg!*«, ich sprang auf und musste mich schwer zusammenreißen, nicht alles in der Zelle zu zertrümmern. Taylor war ein toter Mann. Ich atmete tief ein und wieder aus, versuchte mich zu beruhigen und stark zu sein. Salo brauchte mich jetzt mehr als alles andere.

»Das hast du gut gemacht, mein Schatz! Ich bin stolz auf dich! Hör mir jetzt genau zu, okay?«

»Ja.«

»Du lässt ihn nicht mehr in dein Haus, verstanden? Ruf Katrin an, sie soll dich nach Hause begleiten. Nachdem ihr angekommen seid, nimmst du seine Sachen, packst alles zusammen und wirfst es vor die Tür. Auch wenn er klopft, klingelt, anruft oder brüllt … die Tür bleibt zu, okay?«

»Versprochen. Ich will ihn nie wieder sehen … er … er hat alles noch schlimmer gemacht.«

»Möchtest du mir von dem Gespräch erzählen?«, ich setzte mich wieder hin und nickte Tobi beruhigend zu, der die ganze Zeit aufgeregt durchs Zimmer lief. Die letzte Woche hatte uns wieder etwas mehr zusammengeschweißt, denn er hatte sich endgültig für einen Entzug entschieden, bei dem ich ihn die nächsten zwei Monate unterstützen würde. Den Hofgang verbrachte er immer nur noch in meiner Nähe, damit ich aufpassen konnte, dass er nichts kauft. Außerdem hatte er noch immer höllische Angst vor den Dealern und fühlte sich in meiner Nähe sicher. Als Salo anfing zu sprechen, schloss ich die Augen und genoss den Klang ihrer Stimme, auch wenn die Worte, die sie sprach, alles andere als schön waren. Zwischendurch musste sie immer wieder stoppen, da die Gefühle sie übermannten und auch ich vergoss mehr als eine Träne. Aus Wut, Enttäuschung, Trauer und Hass, alles war dabei.

»Und nun sitze ich hier … alleine … in meinem Auto … und habe noch nicht mal ein Stück Schokolade dabei!«, eine

Mischung aus Schluchzen und Lachen drang durch den Hörer und auch, wenn es rein gar nicht in die Situation passte, musste ich lachen. Die Schwangerschaftshormone trieben wieder ihr Unwesen.

»Engel, sobald ich bei dir bin, werde ich jederzeit ein Stück Schokolade für dich bei mir haben. Das verspreche ich dir!«

»Du bist so ein toller Mann, habe ich dir das schon mal gesagt? Egal, was meine Eltern oder Taylor sagen, du bist perfekt für mich.«

»Ich liebe dich … ich liebe *euch*!«, als ich es ausgesprochen hatte, klopfte es auch schon an der Tür, die daraufhin sofort geöffnet wurde. Die halbe Stunde war schon wieder um, doch ich wusste nun, was zu tun war.

»Ich muss jetzt auflegen, Engel. Denk an das, was ich dir gesagt habe, und pass auf euch auf. Ihr seid das wichtigste in meinem Leben!«

»Wir lieben dich, Papa!«, ich legte auf, denn die Wache, die vor mir stand, wurde schon leicht ungehalten. Das Wort *Papa* aus ihrem Mund zu hören, war traumhaft, doch ich konnte mir nichts Schöneres vorstellen, als es irgendwann aus dem Mund unseres Wunders zu hören.

Ich ließ mich zurück aufs Bett fallen und wischte die letzten Tränen weg, die mir noch immer auf der Wange hingen.

»Alter, wenn du nicht sofort anfängst zu erzählen, raste ich hier aus!«, er setzte sich neben mich und sah mich ungeduldig an.

»Bevor ich es dir erzähle, musst du mir bei etwas helfen. Ich brauche eine Adresse …!«

Kapitel Zwanzig

Salome

Eigentlich wäre ich jetzt bei ihm.
Würde ihn sehen, spüren, seine Nähe genießen.
Du musst bei ihr bleiben, sie braucht dich!, hatte er gesagt und ich wusste, dass er recht hatte. Seit drei Stunden saß ich nun hier und hielt Katrins Hand, die seit genau dieser Zeit in den Wehen lag. Am frühen Mittag bekam ich einen Anruf von ihrer Tante und machte mich sofort auf den Weg ins Krankenhaus, in dem Katrin bereits seit einer Stunde lag. Lange hatte sie gebraucht ihre Tante zu überreden, mich anzurufen. Sie wollte nicht, dass eine Frau mit ihr im Kreißsaal saß, die nicht voll und ganz hinter ihr und dem Kleinen stand.

»Sind die Schmerzen sehr schlimm?«, sie drücke meine Hand wieder fester, doch lockerte sie nach wenigen Sekunden wieder.

»Es ist nicht angenehm, aber auszuhalten. Ich würde mir nur wünschen, dass es endlich losgeht. Ich kann es nicht mehr abwarten, ihn in meinen Armen zu halten!«, sie streichelte schwer atmend über ihren Bauch, woraufhin die nächste Wehe über sie kam. Mit schmerzverzerrtem Gesicht drückte sie meine Hand fester und ich hielt dagegen.

»Ich weiß gar nicht, wie ich dir je dafür danken soll, Salo! Das du hier bei mir bist, gibt mir so viel Kraft. Du bist so stark für mich, obwohl du selber momentan so viele Probleme hast. Und ich weiß ganz genau, dass du normalerweise jetzt bei ihm wärst ... auch wenn du mir das niemals sagen würdest! Ich weiß, dass das euer Tag war!«, bei jedem Wort versackte ihre Stimme etwas mehr und Tränen liefen ihre Wange herab. Für mich stand schon seit mehreren Tagen fest, dass ich bei der Geburt bei ihr sein wollte, sodass ich es früh genug mit Julin abklären konnte. Er war sofort dafür, wenn ich auch in seiner Stimme etwas anderes hören konnte. Seit Wochen freuten wir uns auf ein Wiedersehen, und wenn es dann so plötzlich verschoben wird, fällt es natürlich noch schwerer. Grade nach dem ganzen Stress, den wir in letzter Zeit mitmachen mussten.

Seit fast genau vier Wochen sprachen meine Eltern nicht mehr mit mir. Zuletzt gesehen hatte ich sie vor zwei Wochen, als sie mir beim Einkaufen gekonnt aus dem Weg gingen; quasi vor mir flüchteten. Auch wenn sie mir das Leben oft genug schwer machten, vermisste ich sie ununterbrochen.

Nie werde ich ihre Blicke vergessen, als ich ihnen vor vier Wochen von der Schwangerschaft erzählte.

Nie werde ich ihre Worte vergessen, die sie mir an den Kopf und direkt in mein Herz geworfen hatten, das danach in tausend Teile zerbrach.

Ich hatte großes Glück, in dieser Zeit nicht alleine zu sein. Die Telefonate mit Julin gaben mir Kraft, jeder seiner Briefe baute mich mehr auf. Katrin war jederzeit für mich da und ich war ihr so dankbar dafür, dass sie an dem bisher schlimmsten meiner Abende an meiner Seite war.

Nach dem Telefonat mit Julin rief ich sie sofort an und schilderte ihr alles, was vorgefallen war. Schon während des Gesprächs packte sie ihre Tasche und sagte mir, ich solle losfahren und sie abholen, was ich natürlich sofort in die Tat umsetzte. Wir fuhren zu mir nach Hause und waren nicht sehr überrascht, dass Taylor auf der Stufe vor der Tür saß. *Du musst jetzt ganz stark sein! Wir gehen einfach an ihm vorbei und würdigen ihn keines Blickes!*, sagte sie so sicher, dass es sich auf mich übertrug und ich, trotz bitten und betteln von ihm, einfach an ihm vorbei ins Haus ging. Wir packten zusammen seine Sachen und schmissen sie regelrecht vor die Tür, was Taylor scheinbar sofort als Wink mit dem Zaunpfahl verstand. Schon zehn Minuten später hielt ein Taxi vor unserer Tür und wir konnten endlich durchatmen. *Wäre ich nicht hochschwanger, hätte ich ihm in die Eier getreten. Aber ich bekomme mein Bein nicht mehr so hoch!*, war der letzte Satz, den sie an ihn verschwendet hatte. Danach war er Geschichte und ich hatte seitdem nichts mehr von ihm gehört.

Zum Glück.

***

»Hast du je etwas Schöneres gesehen?«, mit Tränen in den Augen sah Katrin mich an. Wir waren nach der langen, anstrengenden Geburt endlich wieder in ihrem Zimmer, natürlich nicht mehr nur zu zweit. Ihr kleiner Sohn lag auf ihrer Brust und nuckelte verträumt an ihrem Finger.

»Nein, er ist wirklich wunderschön!«, und das war er wirklich. Eine kleine Stupsnase, wild abstehendes, dunkles Haar und einen süßen Schmollmund. Sofort dachte ich darüber nach, wie unser Wurm wohl aussehen wird.

Wird er meine Augen haben?

Julins Nase?

Seine vollen Lippen?

Ich wurde aus meinen Gedanken gerissen, da mich jemand beobachtete.

»Schau mal, Nico! Das ist deine Tante Salo!«, der kleine Mann hatte seine Augen geöffnet und blickte in meine Richtung. Ich wusste, dass er mich nicht sehen konnte, doch allein Katrins Worte trieben mir die Tränen in die Augen.

»Hallo du wunderschöner Schatz! Du wirst später mit Sicherheit jedem Mädchen den Kopf verdrehen!«, ich streichelte sanft über seine kleine Wange, woraufhin er niedliche Grübchen entblößte.

»Dieselben Grübchen wie sein Vater. Damit hat er mir übrigens den Kopf verdreht und … das Ergebnis daraus liegt auf meiner Brust!«, wir mussten beide Lachen, was Nico scheinbar sehr gut gefiel. Bis in den frühen Abend saßen wir noch zusammen und betrachteten diesen kleinen Jungen, der uns schon jetzt das Herz gestohlen hatte. Doch, auch wenn Katrin es nicht zugeben wollte, war sie von der Geburt müde und ausgelaugt, sodass ich ihr etwas Schlaf gönnen wollte. Ich machte mich also auf den Weg nach Hause und war unendlich glücklich, dabei gewesen zu sein, doch freute mich nun auch auf mein Bett.

Nachdem ich geparkt hatte und auf die Haustüre zuging, blieb ich erschrocken stehen und mein Herz setzte für einen Schlag aus. Meine Eltern saßen auf der Stufe vor meiner Tür, mit roten Augen und traurigen Mienen. Ich atmete einmal tief durch, straffte meine Schultern und ging direkt auf sie zu.

»Salome! Wir müssen mit dir reden …!«, Nichts ahnend, über was meine Eltern mit mir reden wollten, und doch einfach nur froh, *dass* sie mit mir sprachen, schloss ich die Tür auf und bat sie rein. Wir setzten uns ins Wohnzimmer und ich brachte eine Flasche Wasser und drei Gläser. Ich bemerkte die Blicke, die immer wieder auf meinen Bauch glitten, doch es war mir nicht unangenehm. Ich trug extra ein enges Shirt, denn nun durfte jeder wissen, dass ich ein Wunder in mir trug. Ich setzte mich vor sie auf den Sessel und sah sie fragend an.

»Wir … wir müssen uns bei dir entschuldigen!«, entgeistert riss ich die Augen auf, denn ich hätte mit allem gerechnet, doch niemals damit. Das sich Himmel und Hölle vereinen wäre wahrscheinlicher gewesen.

»Hätten wir dir zugehört und uns mehr für dein Leben interessiert, wäre das alles nicht so aus dem Ruder gelaufen. Das wissen wir jetzt.«

»Und was ist mit ‚du bringst Schande über unsere Familie‘, ‚du bringst deine Mutter und mich noch ins Grab‘ und meinem liebsten Spruch ‚wie oft haben wir für dich gebetet, dass du endlich normal wirst‘?«

»Salome …«, meine Mutter sprach so sanft und brüchig, dass mir ein Schauer über den Rücken fuhr.

»… dein Vater war so sauer, er meinte vieles nicht so, wie er es sagte. Versteh doch … die ganze Situation, hat auch uns stark belastet. Unsere einzige Tochter, schwanger, nicht verheiratet, der Vater des Kindes im Gefängnis … wir hatten so Angst davor, was die Leute über uns denken werden!«, ich versuchte, den anstehenden Wutausbruch weg zu atmen, doch es funktionierte nicht. Die Worte waren gesprochen, bevor ich es aufhalten konnte.

»Das war wieder so klar! Statt darüber nachzudenken, wie es eurer Tochter geht, geht es in erster Linie immer nur darum, was andere Menschen von euch denken könnten. Wisst ihr was? Die Meinung von anderen sollte euch beiden total egal sein, denn, sobald ihr ihnen den Rücken zuwendet, reden sie sowieso schlecht über euch. Jeder macht das! Glaubt mir, ich habe es schon oft genug mitbekommen! Und das Schlimmste ist, sie haben noch nicht einmal unrecht mit dem, was sie sagen. Doch es ist viel einfacher, die Tochter für das Unheil der Familie zu halten, als sich selbst einzugestehen, dass man auch nicht perfekt ist!«, noch lange hatte ich nicht alles ausgesprochen, doch mein Vater stoppte mich.

»Bitte, Salome, hör auf! Uns ist jetzt klar, dass wir viele Fehler gemacht haben. Das Ansehen der Leute ist uns wichtig, das streiten wir auch gar nicht ab, doch das war nicht immer so. Als du geboren wurdest, gingen Gerüchte um, dass ich nicht dein Vater wäre. Deine Mutter verbrachte viel Zeit mit dem damaligen Leiter des Kirchenchors, der ihr bei Organisationen und Papierkram half. Außerdem waren sie gut befreundet, womit ich nie ein Problem hatte. Sofort streuten sich Gerüchte und du weißt, wie schnell sich hier etwas verbreitet. Jeder dichtete etwas dazu, verdrehte die Geschichte ein weiteres Mal und trug sie dann, schädigend und falsch weiter. Wir kämpften lange damit, die Gerüchte aus der Welt zu schaffen, doch erst die Beichte von Klemens, dass er homosexuell ist, vernichtete die Lügen. Für deine Mutter und mich war es eine unglaublich schwierige Zeit und es wurde noch schlimmer, als Klemens wegen seiner Homosexualität umziehen musste, denn seit seiner Beichte wurde er verstoßen und beleidigt. Ich muss ehrlich zugeben, dass auch ich mich von ihm fernhielt, was ich noch heute bereue. Jedenfalls haben wir uns geschworen, nie wieder etwas zu tun, was die Leute schlecht über uns reden lassen könnte. Wir konnten ja nicht ahnen, dass wir eine Tochter bekommen, die uns *so* ähnlich ist!«, er schmunzelte meine Mutter an, die jetzt endlich auch Regung zeigte. Ihre Mundwinkel zuckten und sie legte ihre Hand auf sein Knie.

»Wie meinst du das?«

»Wie sollen wir es sagen … du … also …«, mein Vater redete um den heißen Brei, bis meine Mutter ihn mit dem Ellenbogen in die Seite stupste.

»Nun sag es schon, Josef!«

»Dein Zeugungsdatum … also … du wurdest zwei Tage *vor* unserem Hochzeitstag gezeugt!«, wenn ich eben noch dachte, ich könnte meine Augen nicht weiter aufreißen, hatte ich mich getäuscht. Mein Mund klappte auf, jegliche Farbe wich aus meinem Gesicht und mit großer Sicherheit stieß ich auch noch einen spitzen

Schrei aus, den ich aber dank der gesagten Worte nicht mehr realisierte.

»Niemand hat es je erfahren, da man den Zeugungstermin damals noch etwas schwerer bestimmen konnte. Zu unserem Glück!«, nun schmunzelte auch meine Mutter, was mich wirklich irritierte.

»Salome, wir wissen jetzt, dass wir viele Fehler gemacht haben und ab heute soll es uns egal sein, was andere Menschen von uns denken. Du bist unsere Tochter und wir lieben dich, genauso, wie wir unseren Enkel lieben!«, Tränen quollen in meinen Augen über und ich fing bitterlich an zu weinen. Diese Worte hatte ich mir so lange gewünscht. Meine Mutter, die ebenfalls weinte, stand auf und nahm mich in den Arm. Mein Vater folgte sofort und beide legten je eine Hand auf meinen Bauch.

»Wie weit bist du jetzt? Dein Bauch ist ja schon riesig!«, mein Vater streichelte sanft darüber.

»In der zwanzigsten Woche.«

»Schon Halbzeit? Meine Güte, ihr habt aber wirklich nichts anbrennen lassen!«

»MAMA!«, peinlich berührt spürte ich, wie sich meine Wangen färbten, doch meine Eltern lachten ausgelassen. In dem Moment fiel mir die wichtigste Frage überhaupt ein.

»Was ist mit Julin? Werdet ihr ihn akzeptieren?«, ich sah abwechselnd zu beiden, doch sie lächelten sich an und mein Vater gab mir einen Umschlag in die Hand.

»Das haben wir schon längst!«, ich öffnete ihn und zog einen Brief heraus; erkannte seine Handschrift sofort und musste hart schlucken. Mit zitternden Händen faltete ich ihn auf, setzte mich und begann zu lesen.

Sehr geehrter Herr Rosenberg, sehr geehrte Frau Rosenberg, ich hoffe sehr, dass sie sich kurz Zeit nehmen, die folgenden Zeilen zu lesen.
Ich habe Ihre Tochter vor etwas mehr als acht Jahren kennen und lieben gelernt. Sie ist, mit Abstand, der tollste Mensch, den ich jemals getroffen habe, ist immer für mich da, versteht mich ohne Worte, kennt mich in und auswendig. Sie liebt mich so, wie ich bin, und hat mir gezeigt, dass ich kein schlechter Mensch bin. Ja, ich sitze im Gefängnis und nein, ich bereue meine Tat nicht.
Ich habe meine Mutter vor meinem gewalttätigen Stiefvater beschützt, als er sie schon zu Boden geschlagen hatte. Ich selbst musste mein Leben lang unter seinen physischen und psychischen Gewaltausbrüchen leiden und konnte es nicht länger ertragen, sie leiden zu sehen. Und wissen Sie, was meine Mutter gemacht hat?
Sie hat mich angezeigt, mich in den Knast gebracht, das Schmerzensgeld eingesackt. Ihr ging es immer nur um Geld, was ich schmerzlich erfahren musste. Ich war auf dem Boden zerstört, doch Ihre Tochter hat mich gestärkt, mir Kraft gegeben, mich gerettet, und zwar nicht das erste Mal in meinem Leben. Als ich vor acht Jahren ihren ersten Brief bekam, stand ich kurz davor, meinem Leben ein Ende zu setzen. Mein Stiefvater schlug mich fast täglich, beleidigte mich, erniedrigte mich. Meine Mutter belächelte alles nur oder machte mit, denn sie stand die meiste Zeit unter Drogen oder Alkoholeinfluss. Doch immer wieder tat ich alles dafür, ihr zu gefallen, was nur noch mehr belächelt wurde. Ich konnte mit niemandem reden, mich niemandem anvertrauen, bis ich diesen Brief in der Hand hielt, von einem Mädchen, dass

ich nicht kannte, aber sofort in mein Herz schloss. Sie schrieb so offen, so freundlich, und ich dachte zum ersten Mal in meinem Leben, dass sich jemand für mich interessiert. Ich hatte einen neuen Sinn gefunden und quälte mich durch die Wochen, bis ich wieder einen neuen Brief in der Hand hielt. Für mich war es Schicksal, an das ich vorher nie glaubte. Ich glaubte nie an irgendetwas, denn, wieso sollte man an den Himmel glauben, wenn man täglich die Hölle erlebt?

Salome ist mein Himmel, mein Licht, meine Hoffnung. Sie schenkt mir ein Kind, das ich jetzt schon mehr liebe, als alles andere auf dieser Welt und ich verspreche Ihnen, dass ich alles in meiner Macht Stehende tun werde, damit es meiner Familie an nichts fehlt.

Ich weiß, dass ich in ihren Augen nicht der perfekte Schwiegersohn bin. Sie haben mich noch nie gesehen, noch nie ein Wort mit mir gesprochen, doch haben jetzt schon ein schlechtes Bild von mir. Sie müssen mich nicht mögen, aber es wäre von Vorteil, wenn sie mich akzeptieren, denn ich werde mein Leben mit Ihrer Tochter verbringen, ob Sie wollen oder nicht. Ich werde sie heiraten, noch mehr Kinder mit ihr bekommen und verdammt glücklich werden.

Doch ich möchte Ihnen auch entgegenkommen. Wenn Sie es verlangen und es sie beruhigt, werde ich mich taufen lassen. Ich werde, wenn Sie es so wollen, jeden Tag in die Kirche gehen. Doch, egal was sie sagen oder tun, von Salome und unserem Kind fernhalten werde ich mich nie.

Mit besten Grüßen,
Julin Beck

*P. S. Bitte gehen Sie zu Ihrer Tochter und reden Sie mit ihr.
Sie leidet und vermisst sie sehr.*

Ich legte den Brief beiseite und sah zum ersten Mal wieder hoch. Meine Eltern saßen vor mir und sahen mich verständnisvoll und liebend an, wischten mit ihren Handflächen Tränen von meiner Wange und lächelten mich an.

»Du hast da scheinbar einen ganz tollen Mann an deiner Seite, Kind. Es tut uns unglaublich leid, dass wir das vorher nicht gesehen haben. Im Nachhinein müssen wir blind durchs Leben gelaufen sein, denn man sieht auf den ersten Blick, wie gut er dir tut. Kannst du uns verzeihen?«, ohne zu zögern, fiel ich beiden in die Arme, denn nichts anderes hatte ich mir die letzten Wochen gewünscht.

»Diesen Brief zu schreiben ist das schönste Geschenk, das er mir machen konnte. Wann habt ihr ihn bekommen?«

»Er war gestern Mittag in der Post und wir haben ihn uns am Abend so oft durchgelesen, dass wir ihn mittlerweile auswendig kennen. Wir wollten schon am Morgen mit dir sprechen, doch du warst scheinbar ziemlich früh weg. Am Nachmittag haben wir uns dann vor deine Tür gesetzt und gewartet. Wo warst du so lange?«, gerührt, weil sie extra so lange gewartet hatten, drückte ich sie ein weiteres Mal fest an mich.

»Katrin hat heute ihren kleinen Jungen bekommen und ich war bei der Geburt dabei. Es war … unglaublich!«, erstaunt sahen sie mich an.

»Es hat dich nicht abgeschreckt?«

»Absolut nicht. Ich freue ich einfach nur so sehr darauf, den kleinen Wurm auf dem Arm zu halten.«

»Wir freuen uns auch darauf, Opa und Oma zu werden. Wie wäre es, wenn ich meine Damen zum Essen einladen?«, natürlich konnten wir zu der Einladung nicht Nein sagen, doch grade, als wir loswollten, klingelte mein Telefon und Julins Name wurde angezeigt.

»Julin ruft an. Stört es euch, wenn ich rangehe?«

»Darf ich rangehen?«, erstaunt sah ich meinen Vater an, doch gab ihm sofort das Handy.

»Keine Sorge. Ich stelle den Lautsprecher an!«, grinsend schob er das grüne Anrufsymbol nach rechts und drückte sofort den Lautsprecher an.

»Hallo Julin, Josef Rosenberg hier!«, kurzzeitig herrschte Stille, doch nach einem Räuspern erklang Julins tiefe Stimme.

»Hallo Herr Rosenberg. Geht es Salo … ehm … Salome gut?«

»Nenn mich Josef, mein Junge. *Salo* geht es großartig, sie steht direkt neben mir und sie kann dich auch hören, genauso wie Maria. Ich wollte dir nur kurz etwas sagen, dann werde ich ihr das Telefon sofort überreichen!«, die Gänsehaut breitete sich auf meinem Körper aus und ich musste den spitzen Schrei, der in meiner Kehle brannte, unterdrücken. Mein Vater hatte mich zum ersten Mal bei meinem Spitznamen genannt und Julin das Du angeboten. Konnte dieser Tag noch besser werden?

»Okay.«

»Dein Brief hat uns wirklich berührt und uns die Augen geöffnet, dafür wollte ich dir danken. Es war sicherlich nicht leicht für dich, diese Worte zu schreiben. Wir sind sehr froh darüber, dass sie einen Mann wie dich an ihrer Seite hat, und freuen uns schon darauf, dich kennenzulernen.«

»Ich weiß gar nicht was ich sagen soll. Ich bin einfach nur froh, dass sie wieder ihre Eltern an ihrer Seite hat. Und ich freue mich natürlich auch darauf, sie endlich kennenzulernen.«

»Das haben wir ganz alleine dir zu verdanken! So, ich gebe dir jetzt Salo, sie scharrt schon mit den Füßen! Ach ja, du bist jederzeit herzlich bei uns Willkommen, Schwiegersohn!«

»Danke, das weiß ich sehr zu schätzen, Josef!«, mein Vater und auch meine Mutter verabschiedeten sich von ihm und sagten mir, dass sie mich in einer halben Stunde abholen würden, um in ein Restaurant im Nachbardorf zu fahren. Ich gab beiden einen Kuss auf die Wange und griff sofort das Telefon, denn ich musste ihn endlich sprechen. Ihm endlich sagen, wie sehr ich ihn liebte.

Kapitel Einundzwanzig

Salome

»Sie wollen es wirklich nicht wissen?«, mein Frauenarzt, Dr. Schneider, sah mich fragen an.
»Nein, wirklich nicht!«
»Er könnte es *mir* sagen!«, meine Mutter lächelte mich verzückt an, doch meine Entscheidung stand fest.
»Ich möchte erst erfahren, ob es ein Junge oder ein Mädchen wird, wenn Julin dabei ist. Außerdem kannst du keine Geheimnisse für dich behalten, Mama!«, sie wischte sich eine der letzten Tränen weg, die sie in den letzten 15 Minuten vor Rührung geweint hatte. Schon eine Woche zuvor, als ich sie fragte, ob sie mich zu der zweiten großen Vorsorgeuntersuchung begleiten würde, brach sie in Tränen aus. Unser Verhältnis zueinander hatte sich um 180 Grad gedreht. Wir unternahmen mehr zusammen, lachten gemeinsam und sprachen offen über alles. Auch Katrin und den kleinen Nico hatten sie ins Herz geschlossen und in Katrins Tante eine gute Freundin gefunden. Ich wurde auch nicht mehr zur Kirche gezwungen und ging seitdem seltsamerweise wieder gerne hin. Momentan lief alles soweit perfekt, nur Julin fehlte. Er musste noch zwei Wochen aushalten, bis er endlich ein freier Mann war. Sechs Wochen hatten wir uns nicht mehr gesehen und es wurde von Tag zu Tag schwerer. Eigentlich wollte ich Julin überraschen und an dem Tag, als mein

Patenkind Nico geboren wurde, mit ihm zu einem Frauenarzt in der Nähe der JVA fahren. Alles war dafür vorbereitet, doch im Leben läuft nicht immer alles nach Plan.

»Wir müssen noch zwei ganze Wochen darauf warten? Wie sollen wir das nur aushalten?«, seufzend ließ meine Mutter sich nach hinten fallen und prallte hart gegen die Lehne.

»Nicht nur zwei Wochen, sondern acht. Die nächste Untersuchung findet erst in der dreißigsten Woche statt.«

Nun seufzte sie noch tiefer, was mich zum Schmunzeln brachte. Nicht nur, dass sie sich unglaublich auf ihren Enkel freuten, sie waren regelrecht besessen von ihm. Jeden Tag durfte ich mir dieselben Fragen anhören, und zwar mehrmals.

Hast du genug gegessen?

Hast du genug getrunken?

Hat es sich bewegt?

Hast du schmerzen?

Und dass waren nur einige Beispiele. Julin fand das Ganze natürlich klasse und war froh, dass er sich nun noch weniger Sorgen machen musste. Allgemein ging es ihm die letzten Wochen besser, denn jetzt, wo die Situation in der Familie entschärft war und Tobi den Entzug durchzog, hatte er den Kopf frei für andere Dinge. Nur Taylor spukte noch in seinem Kopf rum, denn er hatte erfahren, dass er die Wohnung gekündigt hatte und abgehauen war. Wo genau er sich aufhielt, wusste niemand. Auch ich hatte seit dem Vorfall nichts mehr von ihm gehört und war sehr froh darüber.

Als Dr. Schneider uns sagte, dass alles wunderbar verlief und es dem Kleinen nicht besser gehen könnte, verließen wir glücklich die Praxis und steuerten die nächste Eisdiele an.

***

Heute war es endlich so weit. Wie lange hatte ich auf diesen Moment gewartet, der so anders verlaufen würde, als in meiner Vorstellung.
Julin kam nach Hause!
In *unser* Haus.
In *unser* Leben.
Heute Morgen wurde er entlassen und sollte in den nächsten Minuten hier eintreffen. So gerne hätte ich auf ihn vor der JVA gewartet, um dann mit ihm zurückzureisen, doch er wollte nicht, dass ich den langen Weg auf mich nahm. Viel zu viel Angst hatte er, dass mir etwas passieren könnte, und meinen Eltern ging es dabei nicht anders.
»Welche Farbe hat sein Auto?«, aufgeregt trat meine Mutter von einem auf den anderen Fuß.
»Es ist schwarz.«
»Ich sehe noch kein schwarzes …!«, mein Vater und ich kicherten vor uns hin, denn meine Mutter war der ungeduldigste Mensch auf diesem Planeten.
»Er wird wohl jeden Moment kommen, Maria! Mach doch schon mal den Sekt auf!«, meine Eltern hatten sich so gut auf diesen Tag vorbereitet, dass Julin größer empfangen wurde als die Queen. Ein großes Banner hing über meiner Haustür, auf dem „Welcome Home"

stand, an jeder Ecke baumelten Luftballons, die leicht im Sommerwind tanzten. Eisgekühlter *alkoholfreier* Sekt stand bereit und zwei verschiedene Kuchen hatte sie auch noch gebacken. *Der Junge hatte so lange nichts Ordentliches zu essen, da wird man ihn ja wohl ein bisschen verwöhnen dürfen!*, hielt sie mir gestern noch vor, als ich über ihre Mühe geschmunzelt hatte. Sie freuten sich inzwischen so sehr auf seine Ankunft, als würde ihr lang verschollener Sohn wiederkommen.

»Da ist ein schwarzes Auto! Salo! Ist er das? Kannst du es sehen?«, das Auto war noch so weit entfernt, dass man nur schätzungsweise sagen konnte, dass es schwarz war. Wir stellten uns alle an die Straße und warteten gespannt ab, als er näherkam.

»Das ist er!«

»Endlich!«

Der schwarze Audi hielt vor uns an und die Tür öffnete sich. Julin stieg aus und sah zum Niederknien aus. Seine schwarzen Chucks, die schon leicht abgetragen waren, die etwas engere Jeans, das graue Shirt, das so eng anlag, dass man seine definierten Muskeln sehen konnte. Auch beim Friseur musste er noch gewesen sein, denn sein Haar war kurz und lag perfekt. Wieder staunte ich über seine Schönheit, die mir jedes Mal für einen Moment die Sprache verschlug. Auch seine Tattoos, auf die ich meine Eltern schon vorbereitet hatte, waren deutlich zu sehen. Sie waren gespannt darauf, denn in unserem Dorf gab es so gut wie niemanden, der tätowiert war. Und wenn, dann nur an den Stellen, die man nicht sehen konnte.

Als er meinen Blick fand, zeigte er mir ein so offenes, ehrliches Lachen, dass ich nur erwidern konnte. Er knallte die Autotür zu, kam schnellen Schrittes auf mich zu und nahm mich stürmisch in den Arm.

»Ich habe dich so vermisst, Engel. Acht Wochen waren einfach zu lang!«

»Viel zu lang! Willkommen zu Hause, mein Schatz!«, ich sah ihm tief in die Augen und konnte es nicht abwarten, dass seine Lippen endlich meine fanden. Er legte eine seiner großen Hände an meinen Hinterkopf, während die andere an meinem Rücken lag und mich näher zu ihm zog. Nichts um uns herum existierte mehr, als unsere Lippen sich trafen. Das verliebte Seufzen meiner Eltern, das Vogelgezwitscher, der Nachbar, der in der Ferne seinen Rasen mähte; nichts davon vernahmen wir.

Als wir uns voneinander trennten und nachdem er unseren kleinen Wurm liebevoll begrüßt hatte, gab ich meinen Eltern die Chance, ihn für kurze Zeit für sich zu beanspruchen. Meine Mutter fiel ihm förmlich um den Hals und fing mal wieder an zu weinen, wie so oft in letzter Zeit. Doch es waren immer Tränen der Freude.

Mein Vater nahm ihn in den Arm und klopfte ihm väterlich auf den Rücken.

»Er ist äußerst attraktiv, dein Julin. Und so groß!«, meine Mutter sprach so leise zu mir, dass nur ich sie hören konnte. Ihre Worte brachten mich zum Schmunzeln, denn erstens war es komisch, so etwas von seiner eigenen Mutter zu hören und zweitens war Julin noch einen ganzen Kopf größer als mein Vater, wodurch die Umarmung ziemlich komisch aussah.

Als meine Mutter auf die Idee kam den Sekt zu holen, wir alle miteinander anstießen und Julin in seinem neuen zuhause willkommen hießen, teilten meine Eltern uns mit, dass sie noch eine Überraschung für uns hätten.

»Als wir vor zwei Wochen beim Frauenarzt waren, habe ich mir etwas für euch überlegt. Wir möchten nicht, dass Julin so lange warten muss, um euer Kind zu sehen. Also habe ich einen Termin für eine zusätzliche Ultraschalluntersuchung gemacht. Die muss man zwar aus eigener Tasche bezahlen, aber für euch ist uns nichts zu schade!«, wir konnten unser Glück kaum fassen und bedankten uns herzlich bei ihnen.

»Schon morgen Nachmittag geht es los!«

»Ich weiß gar nicht, was ich sagen soll! Aber hat das nicht zufällig etwas damit zu tun, dass ihr einfach wissen wollt, was es wird?«, sofort färbten sich die Wangen meiner Mutter rot und mein Vater fing lauthals an zu lachen.

»Siehst du, Maria! Ich habe doch gesagt, sie kommen dahinter!«, am liebsten hätte ich diesen Moment für immer festgehalten. Alle lachten ausgelassen, ich stand neben meinem Traummann, der besitzergreifend die Arme um mich gelegt hatte, als wollte er mich nie wieder loslassen, und, als wäre es noch nicht genug, spürte ich einen leichten Druck in meinem Bauch. Sofort legte ich meine Hand hin und Julin sah mich besorgt an.

»Ist alles in Ordnung? Was ist los?«, ich sah ihn beruhigend an und fing sofort über beide Ohren an zu strahlen.

»Es … es hat getreten! Das erste Mal!«, sofort legten alle ihre Hände auf meine kleine Kugel, wodurch sie komplett verdeckt wurde. Natürlich konnten sie noch nichts spüren, doch dieses Gefühl, das ich grade hatte, werde ich wohl nie in meinem Leben vergessen.

***

»Bist du sehr aufgeregt?«

»Aufgeregt ist schon gar kein Ausdruck mehr!«, er zog mir mein Shirt über den Bauch, damit er für die Untersuchung freilag, und verteilte viele kleine Küsse auf ihm. Jede kleine Zärtlichkeit entfachte ein Feuer in mir, jede berührte Stelle kribbelte noch Minuten nach. Nachdem wir am gestrigen Abend bei meinen Eltern gegessen hatten und endlich Zeit für uns hatten, konnten wir endlich alles nachholen, was wir die letzten Monate so vermisst hatten. Die ganze Nacht liebten wir uns, küssten uns, kuschelten miteinander und ließen uns nicht einmal los. Es war einfach ein perfekter Tag und ich wusste, dass es dank ihm an meiner Seite, immer so sein würde.

»Hallo, Frau Rosenberg! Wie geht es Ihnen heute?«

»Sehr gut, danke!«, Dr. Schneider betrat das Zimmer und gab mir die Hand, bevor er sich Julin vorstellte.

»Schön Sie endlich kennenzulernen! Sind Sie schon nervös?«

»Sehr nervös!«

»Dann wollen wir Sie mal nicht länger auf die Folter spannen!«

Er verteilte das Gel auf meinem Bauch und fing an. Schon kurze Zeit später konnte man unseren kleinen Schatz auf dem Bildschirm sehen, doch ich wendete meinen Blick ab und sah zu Julin. Er sah gespannt auf den Monitor und drückte meine Hand fester.

»Ihr Kind liegt perfekt, wie sie hier schön sehen können. Auch das Geschlecht ist zu erkennen!«, in Julins Augen sammelten sich Tränen und er atmete tief ein, drehte seinen Kopf und sah mir tief in die Augen. Die erste Träne löste sich und er sprach mit leiser, tiefer Stimme.

»Danke, Engel! Danke dafür, dass du mir das schönste Kind der Welt schenkst!«, er küsste mich lang und liebevoll, bis der Doktor sich räusperte.

»Ich möchte sie nicht unterbrechen, aber die Kleine ist grade aufgewacht! Sehen sie, sie bewegt ihre …«

»*Die Kleine*? Wir … wir bekommen ein Mädchen?«, mit erstickter Stimme fragte ich ihn, was er nur mit einem breiten Lächeln und einem Nicken kommentierte.

»Ein Mädchen! Julin, wir bekommen eine Tochter!«, lachend und weinend gleichzeitig fielen wir uns in die Arme. Nun war unser Glück perfekt und ich konnte es in Julins Augen sehen, dass er genauso dachte.

Wir waren angekommen, in unserer eigenen, kleinen Welt.

Epilog

Julin

»Ich bin unglaublich stolz auf dich! Gleich hast du es geschafft!«, ich saß neben Salo und hielt ihre Hand, die sie immer fester drückte. Meine Stirn lag an ihrer und ich küsste ihre Wange, die vor Schweiß glitzerte und salzig schmeckte. Seit einer halben Stunde waren wir nun im Kreißsaal und arbeiteten daran, unsere kleine Maus endlich sehen zu können. Salo hielt sich so wacker, war so stark, dass ich nichts anderes tun konnte, als sie zu bewundern. Schon in den letzten Monaten hatte sie des Öfteren bewiesen, dass sie nicht mehr das schüchterne, kleine Mädchen von vor einem Jahr war. Sie war eine stolze, selbstbewusste Frau geworden und ich liebte jede neue Eigenschaft an ihr genauso, wie die alten.

Das Leben, das wir führten, war genauso, wie ich es mir immer erträumt hatte.

Ich wurde nach einer kurzen Probearbeitszeit sofort fest eingestellt und hatte geregelte Arbeitszeiten. Salo arbeitete nur noch wenige Wochen, bevor sie in den Mutterschutz ging. Natürlich wurde es meinem Engel auf Dauer zu langweilig, also fing sie an zu malen. Sie malte die schönsten Bilder und hatte ein unglaubliches Talent dazu. Mittlerweile war keine Wand in unserem Haus mehr bilderlos. Auch das Haus an sich hatte sich verändert. Jeder Raum wurde perfekt genutzt. Das

Kinderzimmer, das Salo, Maria und Katrin entgegen meiner Meinung komplett rosa gestrichen hatten, sah aus, wie das reinste Mädchenparadies. Salo hatte sich einen Raum für ihre künstlerischen Tätigkeiten eingerichtet, ich hatte mir im Keller einen Fitnessraum angelegt. Ihre Eltern bestanden darauf, einen Baum in unserem Garten zu pflanzen, der natürlich nicht einfach so eingesetzt wurde.

Es wurde ein Fest veranstaltet.

Für einen Baum.

Ich musste mich wirklich noch an das Landleben gewöhnen.

Alle Nachbarn kamen vorbei und stießen mit uns an. Auf gute Nachbarschaft, unser Kind, unser Glück. Zu unserer Überraschung wurde ich nicht komisch angeguckt oder verstoßen, sondern liebevoll aufgenommen und für meine Gerechtigkeit gegenüber meiner Mutter gefeiert. Maria und Josef gaben gerne vor anderen mit mir an, wie wir lustigerweise erfuhren.

Wie schnell sich das Blatt doch wenden konnte, wenn man nur miteinander spricht.

Offen für Neues ist und nicht urteilt, bevor man sich nicht sein eigenes Bild gemacht hat.

»Noch ein Mal pressen, dann ist die Kleine da!«, meine Hand wurde fast zerquetscht, doch darauf achtete ich nicht mehr. Viel zu berauschend war das Gefühl, endlich meine Tochter zu sehen.

»Da ist sie!«, die Hebamme hielt unser kleines Wunder in die Luft, streichelte ihr kurz über den Rücken, bis sie schrie, und legte es Salo auf die Brust. Meine Gefühle übermannten mich, als ich meiner Tochter das erste Mal ins Gesicht sah.

»Guck sie dir an … sie ist so schön!«, sanft streichelte ich über ihre zarte Wange, was Salo mir gleichtat.

»Sie sieht jetzt schon aus wie eine gelungene Mischung aus uns beiden, findest du nicht?«, ich stimmte ihr zu, denn Salos kleine Stupsnase und meine vollen Lippen waren unverkennbar.

Nach den Untersuchungen an Mutter und Kind konnten wir endlich in unser Zimmer, in dem Salo sich von der Geburt erholen sollte. Wir kuschelten uns zu dritt in das große Bett und konnten unsere Blicke nicht von unserem Mädchen nehmen, doch nach wenigen Minuten fand Salo endlich ihren Schlaf, den sie sich so verdient hatte. Ich küsste ihre Stirn und schloss selbst die Augen, doch kein Traum könnte schöner sein, als unsere Realität.

***

Es klopfte an der Tür, die danach sofort geöffnet wurde. Nach einem Berg von Kuscheltieren und Ballons erkannten wir dahinter Maria und Josef, die sich leise anschlichen.

»Ich müsst nicht so leise sein; sie ist wach!«, ich stand am Fenster und hielt meine Tochter in den Armen, Salo stand direkt neben mir und umarmte ihre Eltern.

»Dürfen wir euch vorstellen? Magdalena Beck, eure Enkelin!«, zu unserer Überraschung brach nicht nur Maria, sondern auch Josef in Tränen aus.

»Darf ich?«, Maria breitete ihre Arme aus und ich übergab sie ihr sofort, auch wenn es mir schwerfiel. Schon den ganzen Morgen trug ich sie durch die Gegend und ließ sie nur los, wenn es unbedingt sein musste.

»Sie ist ja wunderschön! Sieh nur, Josef, sie hat Salos Nase! Und Julins Lippen! Sie ist perfekt … und der Name! Ein biblischer!«, vor Euphorie war sie kaum noch zu stoppen, was uns alle schmunzeln ließ.

Auch Katrin kam noch vorbei, natürlich mit ihrer Tante und dem kleinen Nico. Alle gratulierten uns und Katrin wäre fast ausgerastet, als sie erfuhr, dass sie Maggies Patentante werden sollte. Am Abend kehrte wieder Ruhe ein und wir hatten Zeit für uns. Wir lagen im Bett, schauten uns an, mit Maggie in unserer Mitte.

»Siehst du! Ich habe dir doch gesagt; *am Ende wird alles gut!*«, meine Worte brachten sie zum Lächeln, was mein Herz noch immer schneller schlagen ließ. Ich liebte diese Frau so abgöttisch, und wenn wir übermorgen nach Hause fuhren, wartete schon ein Meer aus Rosen auf sie, in dessen Mitte eine kleine Schachtel stand, in der sich ein wunderschöner Verlobungsring befand. Ich musste mein Leben nun nicht mehr Träumen, denn ich lebte meinen Traum.

Ende

Danksagung

Vielen Dank an alle, die meine Bücher lesen, mich täglich unterstützen, mir Mut machen, mit mir fiebern. Ganz besonders danken möchte ich Lenchen, Kati, meiner Schwester und meiner Mama! Danke, dass ihr mir eure ehrlichen Meinungen sagt und an meiner Seite steht. Ich danke allen Müttern, die meine Fragen beantwortet und mir damit sehr geholfen haben. Ein ganz großer Dank geht an meinen Papa, meine Mama, meine Schwester und meinen Mann. Von euch zu hören, dass ihr stolz auf mich seid, bedeutet mir am meisten. Ich liebe euch.

Über die Autorin

Eni Lu wurde 1989 in einer kleinen Stadt geboren und wuchs in einem noch kleineren Dorf auf. Sie liebt das Lesen, das Schreiben und das Träumen. Des Weiteren geht sie gerne Campen, unternimmt viel mit ihrem Mann, ihren Freundinnen und ihrer Mutter, liebt ihre kleinen Hunde und tanzt jeden Tag auf der Hintergrundmusik ihres Lebens durch die Welt.

Bisher erschienen

Honigkuchenprinz

Lindas Leben ist von Routine geprägt. Seit sie von ihrer vermeintlich großen Liebe verlassen wurde, kommt sie aus dem Trott nicht mehr raus. Was auch immer ihre beste Freundin Helena versucht, um sie in das Leben zurückzuholen, was eine 26-Jährige in einer großen Stadt führen sollte, misslingt. Einzig dieses kribbeln, dass sie immer spürt, wenn *er* in der Nähe ist, lässt sie kurz alles vergessen …

One-Way-Ticket – Solange du neben mir liegst

Als die 18-jährige Studentin Anna nach New York fliegt, freut sie sich auf drei ereignisreiche Wochen mit ihrer besten Freundin Samy, die seit mehreren Monaten dort wohnt. Sie lernt nicht nur ihre Tante und ihren Freund, sondern auch den eigenartigen und verschlossenen Aiden kennen, der weder fremde Menschen anschauen, noch mit ihnen sprechen kann … bis er Anna begegnet.

Mit Seifenblasen fliegen lernen

Dass die Liebe nicht immer einfach ist, musste Emilia schon in jungen Jahren erfahren.

Der plötzliche und unerwartete Kontaktabbruch zu ihrer ersten großen Liebe hat tiefe Narben hinterlassen, die auch nach 10 Jahren noch nicht verblasst sind. Dass sie ihn nicht aus dem Kopf bekommt, könnte daran liegen, dass es sich bei ihm um keinen geringeren als Liam James Carter handelt, dem weltbekannten und erfolgreichen Rockstar, der von den Medien und der Frauenwelt vergöttert wird.

Was auch immer Liam versucht, um seine geliebte Milli zu vergessen, es will nicht funktionieren.
Doch die Schmerzen, die sie ihm zugefügt hat, sitzen noch immer tief. Selbst sein Image, das eines egoistischen und rotzfrechen Machos, kann er nicht aufrechterhalten, wenn es um seine erste große Liebe geht.

Eine Geschichte über Freundschaft, Verbundenheit und die Einsicht, dass nicht immer alles so ist, wie es scheint.

XXL Leseprobe

Wer braucht schon einen Rockstar?
Emilia

Ich hasse Beerdigungen und werde mich wohl nie daran gewöhnen, jemanden auf diese Weise zu verabschieden. Leider gehörte es zu meinem Alltag als Altenpflegerin, dass Menschen aus meinem Leben verschwinden. Menschen, die mir über Jahre hinweg ans Herz gewachsen sind. Menschen, die nicht mehr von ihren Familien besucht werden, da sie zur Last geworden sind. Menschen, die nicht mehr in der Lage dazu sind, sich um sich selbst zu kümmern. Menschen, denen ich jeden Tag Kekse mitbringe, an denen sie knabbern, als wären sie kleine Hamster, und deren Augen für diesen Moment so sehr strahlen. Meine verrückten Hamster, die mir jeden meiner Tage auf dieser ungerechten und gemeinen Welt verschönern. Warum diese Welt ungerecht und gemein ist? Der Grund, der mich zu dieser Annahme bringt, saß genau drei Reihen vor mir, auf der Beerdigung seines Opas und brachte mich durch seine bloße Anwesenheit zur Weißglut. Ja, ich weiß; es war die Beerdigung seines Opas und ich sollte etwas nachsichtig sein, aber das ist mir bei diesem ... diesem ... diesem *Arschloch* einfach nicht möglich.

Liam James Carter. 26 Jahre alt, Leadsänger und Gitarrist der berühmten Band *Outsiders*, begehrtester und heißester Junggeselle der Welt und meine verdammte erste große Liebe. Und auch, wenn ich mich selbst dafür hasse; mein Herz klopft noch immer schneller, wenn ich ihn sehe. Was aber auch daran liegen könnte, dass mir der Hass zu Kopf gestiegen ist und sich die Mordgedanken auf mein Herz auswirken. Wie auch immer die Erklärung lautet, er hat mir mein Herz gebrochen. Hat es rausgerissen, es auf den Boden geschmissen und ist mit seinem sexy Hüftschwung darauf rumgetänzelt. Bei seinem rüpelhaften Benehmen, das man immer wieder in Zeitungsartikeln und Fernsehberichten sehen kann, hat er wahrscheinlich auch noch draufgespuckt. Oder Schlimmeres.

Wir kennen uns schon eine gefühlte Ewigkeit, denn er war mein direkter Nachbar. Fenster an Fenster haben wir unsere Kindheit und unsere Jugend verbracht. Als er drei Jahre alt war, zog er mit seiner Familie in das Haus seiner Großeltern. Vorher lebte er in Australien, denn von dort stammt sein Vater. Damals, als seine Mutter ein Auslandsstudium in Australien begann, war er ihr Sitznachbar, und es war Liebe auf den ersten Blick. Schon nach wenigen Monaten wurde sie schwanger. Nachdem beide das Studium abgeschlossen hatten, zogen sie nach Deutschland, da die Jobaussichten gut waren und Liams Großeltern ihn endlich kennenlernen sollten. Und an diesem Tag beginnt unsere Geschichte, denn unsere Mütter sind die besten Freundinnen, die man sich nur vorstellen kann. Die Wiedersehensfreude war damals so groß, dass sie an dem Tag beschlossen, sich niemals wieder zu verlieren. Auch, dass sie Kinder im selben Alter hatten, schweißte sie noch mehr zusammen, denn ich bin nur zwei Monate jünger als Liam. So wurden wir im Kindesalter gezwungenermaßen zusammengeführt und daraus entstand eine knallharte Freundschaft. Auch, wenn wir uns am Anfang gegenseitig mit unseren Schüppen im Sandkasten verhauen haben, konnten wir irgendwann nicht mehr ohneeinander. Genauso hatten es unsere Eltern geplant, da war ich mir von Anfang an sicher. Alles haben wir miteinander unternommen und jeden Tag gab es für uns irgendetwas Neues zu entdecken. Die Welt stand uns offen, wir hätten alles zusammen meistern können, bis uns die Pubertät in die Quere kam und wir Gefühle füreinander entwickelten. Und nun saß ich hier, mit klopfendem Herzen und Tränen in den Augen, gerührt von der Beerdigung und dem Wissen, dass es nie wieder so sein wird, wie es war, und starrte auf seinen verdammt attraktiven Hinterkopf.

»Und nun bitte ich Emilia Engelhard zu mir nach vorne, die gerne noch ein paar Worte über unserem Verstorbenen sagen möchte.«

Zum wohlmöglich ungünstigsten Zeitpunkt wurde ich nach vorne gerufen, damit ich meine Rede halte, um die mich Elisa, Liams Oma, gebeten hatte. Denn ich war für Helmut immer die Enkelin, die er sich wünschte, und kümmerte mich in den letzten Jahren um ihn, als wäre er mein eigener Großvater. Ich zuckte bei der Nennung meines Namens unweigerlich zusammen und musste feststellen, dass es nicht nur mir so erging. Auch Liam zuckte kurz und spannte sich sichtbar an, denn wir hatten uns noch nicht gesehen. Als ich mit einigen Bewohnern aus dem Heim, die Helmut alle gut kannten, die Kirche betrat, saß er schon in der vordersten Reihe. Auch meine Eltern saßen dort, doch ich zog es vor, mich neben meinen Lieblingshamster Gerdi zu setzen. Eine 87-jährige Frau, die verrückter und lebensfroher nicht sein könnte.

»Emmi, Kindchen, du musst nach vorne!«, sie tätschelte meine Hand, so wie es nur Omas können und ich nahm all meinen Mut zusammen, stand auf, wischte mir die Tränen weg, die meine Augen schon verlassen hatten, und ging los. Vorbei an Heimbewohnern, Nachbarn, Freunden der Familie und an Liam, dem ich keinen Blick würdigte. Ich stellte mich hinter das Podium, legte mit zitternden Händen meine vorbereitete Rede ab, atmete tief durch und begann zu sprechen.

»Als Elisa mich bat, ein paar Worte über Helmut zu sagen, wusste ich zuerst nicht, über was ich reden sollte. Wie beschreibt man jemanden am besten, den man sein ganzes Leben lang kannte und immer als selbstverständlich betrachtet hat? Für mich war es selbstverständlich, dass er da war, für jeden, zu jeder Zeit. Es war selbstverständlich, dass er mir jeden Morgen aus dem Küchenfenster gewunken hat und mir, bis zuletzt, jeden Tag mit seinen Komplimenten die Schamesröte ins Gesicht trieb. Wie er mich jedes Mal zum Lachen brachte, wenn er ein Telefonat mit *‚Emmi, gut siehst du aus!'* begann. Zumal er immer nur anrief, wenn mein Hase in seinem Garten saß, um seine heiligen Blumen anzuknabbern. Ich kann mich noch gut daran erinnern, wie er mehrmals mit Messer und Gabel hinter ihm herlief, und mir dabei zurief, wie gut Hasenbraten doch schmecken würde.«

Alle lachten auf, denn sie wussten, dass Helmut immer für einen Spaß zu haben war. Auch ich musste bei dem Gedanken an früher schmunzeln, konnte mich jedoch kaum auf etwas konzentrieren, da ich genau spürte, dass *er* mich keine Sekunde aus den Augen ließ. Seine Blicke lösten etwas in mir aus, das ich nicht beschreiben konnte und auch vorher noch nie gefühlt hatte. Schnell fasste ich mich wieder und setzte meine Rede fort.

»Es war selbstverständlich für mich, dass ich zwei Mal in der Woche mit ihm einkaufen ging und er mir jedes Mal danach ein Eis kaufte; auch im Winter! Ob Tag oder Nacht, ich konnte ihm zu jeder Zeit mein Herz ausschütten, konnte ihm alles erzählen. Er war für mich der Großvater, den ich nie hatte und wenn er eins ganz sicher nicht war, dann selbstverständlich. Denn alles, was er tat, tat er mit so viel Liebe, so viel Begeisterung, dass es niemals als selbstverständlich angesehen werden sollte und ich wünschte, dass ich ihm genau das noch hätte sagen können. Er war ein großartiger Mensch, der ein ausgefülltes, glückliches Leben mit seiner großen Liebe führen durfte. Ich werde ihn schrecklich vermissen und hoffe, dass es einen extra Himmel für Hasen gibt, denn sonst hat Fluffy jetzt ein großes Problem!«, auch wenn meine Tränen liefen, konnte ich mir bei dem Gedanken ein Lachen nicht verkneifen.

Auch Elisa und all die anderen stiegen mit ein und wir prusteten gemeinsam los.

»Er wird Fluffy in die Hölle schicken, da bin ich mir sicher!«, gleichzeitig lachend und weinend kam Elisa auf mich zu und nahm mich in den Arm, bedankte sich für die Rede und sagte mir, dass Helmut meine Ansprache geliebt hätte, wie er auch mich geliebt hat. Tief schluchzend umarmte ich sie fester und wollte zurück an meinen Platz, doch wurde von Liams Eltern aufgehalten.

»Emilia, das war wunderschön! Danke für deine Worte!«, seine Mutter nahm mich in den Arm, während sein Vater mir anerkennend auf den Rücken klopfte. Als ich mich freundlich von ihr löste, drehte ich mich um und hoffte, dass ich Liam nicht sehen würde. Doch als ich einen Schritt nach vorne ging, knallte ich fast gegen eine starke, breite Brust, die sich vor mir aufbaute. Wir waren uns so nah, dass mir sein Geruch die Sinne vernebelte. Er roch so unglaublich gut, nach Aftershave und einfach nur Liam. Obwohl ich ihn zehn Jahre nicht gerochen hatte, ich würde ihn unter Tausenden erkennen. Mein Blick heftete noch an seiner Brust, denn auch mit Absatzschuhen, die ich heute trug, reichte ich ihm lediglich bis unter sein Kinn.

»Milli, ich …«, ich hob meine Hand und stoppte ihn.

»Nenn mich nicht so!«, ich schloss für einen kurzen Moment meine Augen, nahm noch einen tiefen Zug seines unglaublichen Duftes und wollte schnellen Schrittes an ihm vorbei. Es fiel mir unglaublich schwer, ihm nicht in sein Gesicht oder gar in seine Augen zu sehen. Ich konnte es nicht. Wollte es nicht. Und tat es doch …

Die Liebe ist ein seltsames Spiel...
Liam

Die Nachricht, dass mein Opa aus Deutschland gestorben war, traf mich wie ein Schlag. Ich stand hinter der Bühne und bereitete mich auf die zweite Hälfte unseres Auftritts vor, als es mir beiläufig von unserem Manager erzählt wurde. Er sagte es, als wäre es nichts, doch für mich brach in diesem Moment eine Welt zusammen. Seit fast 6 Jahren hatte ich ihn nicht mehr gesehen, telefoniert haben wir zuletzt vor 7 Monaten. Ich war ein schlechter Enkel, ein schlechter Sohn, ein schlechter Mensch. Selbst meine Eltern hatte ich seit 4 Monaten weder gesehen, noch gehört, was ich natürlich immer auf den Stress schob, den so eine Tour mit sich bringt.

»Wer hat dir das gesagt? Woher weißt du das?«, ich stand auf und ging ruhigen Schrittes auf unseren Manager Eric zu, fast schon gefährlich langsam.

»Deine Mutter hat mehrmals versucht dich zu erreichen. Irgendwann ging mir das Geheule auf die Nerven, da habe ich gefragt, was los ist. Du sollst sie bei Gelegenheit mal anrufen. SO, UND JETZT ALLE WIEDER AUF DIE BÜHNE!«, völlig perplex stand ich neben ihm und verarbeitete seine Worte. Als mir klar wurde, was er da grade von sich gegeben hat, holte ich aus und schlug ihm meine Faust ins Gesicht. Er fiel sofort in sich zusammen und lag bewusstlos auf dem Boden, Blut strömte aus seiner Nase.

»Carter! Hast du sie noch alle?«, meine Bandkollegen Ethan, William und Cooper eilten zu mir und stellten sich neben mich, alle schauten auf Eric herab.

»Habt ihr das etwa nicht mitbekommen? Mein Opa ist gestorben und er hat nichts Besseres zu tun, als es mir beiläufig zu sagen und meine heulende Mutter mehrmals abzuwimmeln! Und jetzt soll ich auch noch auf die Bühne gehen und weitere 2 Stunden meine scheiß Show abziehen? Einfach so, als wäre nichts gewesen?«, zitternd und den scheiß Tränen verdammt nah, stand ich vor ihnen und hoffte auf ihre Zustimmung.

»Fuck, Carter. Das tut mir leid!«

»Ich habe ja schon mehrmals gesagt, lasst uns den Manager wechseln, aber hier hört ja kein Mensch auf mich! Mein Beileid, Bro!«

»Scheiß drauf! Mir ist die Lust auch vergangen! Ich werde mal zu dem Veranstalter gehen und die Sache klären.«

William eilte los, um den Auftritt zu beenden, Ethan kümmerte sich um den Wichser, der noch immer blutend und wimmernd auf dem Boden lag, und Cooper reichte mir ein Bier, das ich jetzt dringend brauchte.

»Jungs, ich bin gleich wieder da. Danke für euer Verständnis, ihr habt einen gut bei mir!«, ich schnappte mir mein Handy aus Erics Tasche und wählte die Nummer meiner Mutter.

»Bro, dasselbe würdest du auch für uns tun!«, Ethan drehte sich zu Cooper und sah ihn fragend an.

»Also, umbringen und vergraben oder aufhelfen und feuern?«, ohne die Antwort abzuwarten, verließ ich den

Raum und wartete darauf, dass meine Mutter das Gespräch annahm.

»*Carter.*«

»Mum? Ist es wahr?«

»*Oh mein Gott, Liam! Es tut so gut deine Stimme zu hören! Ja, leider ist es wahr.*«

Das Schluchzen am anderen Ende der Leitung wurde lauter und auch bei mir stauten sich die Tränen.

»Fuck! Wie … wann?«

»*Schon heute Morgen, kurz nach dem Frühstück. Er ist einfach zusammengebrochen, die Ärzte vermuten einen Herzstillstand.*«

»Wie geht es Oma?«

»*Den Umständen entsprechend. Sie hat immerhin nach 51 Ehejahren ihre große Liebe verloren, das steckt man nicht einfach so weg.*«

»So eine verdammte Scheiße! Ist sie jetzt etwa alleine?«

»*Nein, die Engelhards sind bei ihr und wir fliegen morgen. Liam?*«

»Ja?«

»*Du solltest mitkommen! Oma hat nach dir gefragt und die Beerdigung ist schon in zwei Tagen! Kannst du das irgendwie einrichten?*«

»Mum, wir sind mitten in der Tour! Die kann man nicht einfach so absagen!«

»*Liam James Carter! Es geht hier um deine Familie!*«

»Ich weiß, Mum. Ich verspreche dir, dass ich alles in meiner Macht Stehende versuchen werde, um mit euch zu kommen!«, ich sagte das nicht nur, um sie zu beruhigen, sondern meinte es ernst. Ich hätte es mir nie verzeihen können, mich nicht richtig von meinem Großvater verabschiedet zu haben.

»Danke, mein Schatz. Ich habe dich lieb!«

»Ich dich auch, Mum. Grüß Dad von mir. Ich melde mich später!«

»Ich verlasse mich auf dich!«, ein Klicken in der Leitung ließ mich wissen, dass sie aufgelegt hatte und genau in diesem Moment, löste sich die erste Träne.

***

Schon in der nächsten Nacht saß ich in einem Flieger, der mich nach Deutschland bringen sollte. Zwar hatte ich es nicht mehr geschafft, mit meinen Eltern zu fliegen, doch wenigstens kam ich so noch pünktlich zur Beerdigung. Ich stand in dem großen Bad der ersten Klasse und sah mich im Spiegel an. Meine Augenringe waren kaum zu übersehen, mein Dreitagebart, den ich sonst trug, wurde durch einen Siebentagebart ersetzt. Meine dunklen Haare lagen wie immer perfekt durcheinander. Schlechte Frisuren gab es bei mir nicht. Eines der positiven Dinge, die das Rockstarimage mit sich brachte. Die Frisur kann sitzen, wie sie will, es scheint immer perfekt und so gewollt zu sein. Nachdem ich mir kaltes Wasser ins Gesicht gespritzt hatte, um meine grünen Augen wenigstens etwas wach wirken zu lassen, ging ich zurück in meine Kabine und bestellte mir etwas zu essen. Ja, für weltberühmte Rockstars gab es auch nachts noch etwas zu essen. Egal wo. Egal wann. Egal wie. Serviert wurde das Ganze natürlich von einer wunderschönen Stewardess, deren Kleid viel zu kurz war, und die mich schon mit ihren Blicken auszog. Wenn ich auch sonst nicht ablehnen würde, heute war ich nicht in Fickstimmung. Seit feststand, dass ich nach Deutschland reise, bekam ich *sie* nicht mehr aus dem Kopf. Eigentlich bekam ich das nie. Ich würde sie wiedersehen, nach zehn verdammten Jahren. *Emilia Engelhard*. Meine Milli, meine Liebe, die mir mein verficktes Herz gebrochen hat.

***

»Liam! Mein wunderschöner Enkel! Sieh dich an, du bist ja riesig geworden!«, meine winzige, zerbrechliche Oma stand mit großen Augen vor mir und schlug sich die Hände vor den Mund.

»Auf den Fotos siehst du irgendwie immer kleiner aus! Und wie breit du bist! Du musst unglaublich stark sein!«, sie fasste an meine Arme und staunte nicht schlecht. Nicht umsonst wurde ich die letzten vier Jahre von Millionen Frauen zum ‚*Mister Body*' gewählt. Wenn ich nicht gerade auf der Bühne oder im Tonstudio stand, verbrachte ich die meiste Zeit im Fitnessstudio.

»Ich war auch schon so groß, als wir uns das letzte Mal sahen. Ich bin nur etwas breiter geworden. Vielleicht bist du ja seitdem geschrumpft, Omi?«, ich hob sie hoch und nahm sie in den Arm, was sie freudig aufschreien ließ. Als ich sie wieder absetzte, sah sie mir mit trauriger Miene in die Augen.

»Du bist deinem Großvater so ähnlich! Er hat dich über alles geliebt, das weißt du, oder?«

»Oma, ich … ich war ein so schlechter Enkel. Ich hätte viel öfter da sein müssen. Es tut mir so unendlich leid.«

Während ich dagegen ankämpfte, wie ein kleiner Junge zu heulen, schluchzte meine Mutter hinter mir auf.

»Bub, du kannst die Vergangenheit nicht ändern, aber du kannst es in der Zukunft besser machen. Dein Opa wusste, wie sehr du ihn liebst. Mach dir bitte keine Vorwürfe.«

Wieder schlang sie ihren kleinen Körper um meinen Bauch und drückte mich fest, was ich nur erwidern konnte. Schon kurz nach meiner Ankunft bereiteten wir uns auf die Beerdigung vor und fuhren zur Trauerkapelle, in der sie stattfinden sollte. Ich setzte mich in die erste Reihe, direkt neben meine Eltern und hatte gemischte Gefühle, als sich Millis Eltern neben uns setzten. Denn sie war nicht da. So sehr ich sie auch hasste, für das, was sie mir angetan hatte, so sehr vermisste ich sie auch. Jeden verdammten Tag. Seit zehn Jahren.

Die Trauerfeier wurde mit viel Liebe gestaltet, doch ich bekam kaum etwas davon mit, da ich vollkommen in meinen Gedanken verloren war. Ich spürte sie. Sie musste hier sein. Ob ich mich einfach umdrehen sollte? Was, wenn ich ihr dann direkt in die Augen sah? Ich haderte mit mir, hatte mich fast dazu entschlossen, bis auf einmal ihr Name aufgerufen wurde. Ein Schauer zog durch meinen Körper und meine Muskeln verspannten sich. Jeden Moment sollte sie nach vorne treten, genau vor mich, und eine Rede über meinen Opa halten.

Meine Atmung wurde schneller, meine Hände zitterten. Fuck! Was war nur los mit mir? Sie hat mir mein scheiß Herz gebrochen, und trotzdem klopfte es jetzt wie verrückt! Als sich hinter mir etwas regte, wusste ich, dass sie jeden Moment an mir vorbeigehen würde. Und plötzlich war es so weit. Ich konnte nicht hinsehen, aber ihr Duft, der im Vorbeirauschen meine Nase erreichte, rief in mir alle Erinnerungen hoch. Die weichen Haare, die blauen Augen, der rosarote, volle Kussmund, die warme, perfekte Haut, der zierliche Körper. Ich musste hinsehen. Mein Blick glitt nach oben und meine Augen weiteten sich, als ich die wahrlich schönste Frau, die ich je gesehen habe, vor mir sah. Wie ein Engel stand sie hinter dem Podium und sah mit traurigen Augen auf die Trauergäste. Ihre Haare fielen in langen Locken über ihre Schultern, die dunklen Augenbrauen waren leicht zusammengekniffen und ihre Lippen zu einem Strich geformt. Sie trug ein schwarzes, knielanges Kleid, das ihrer immer noch perfekten Figur schmeichelte. Als sie anfing zu sprechen, schlug mein Herz plötzlich noch schneller und meine Atmung ließ sich kaum kontrollieren. Ich konnte meinen Blick nicht mehr von ihr nehmen, war wie erstarrt von ihrem Anblick. Die Worte, die ihren Mund verließen, klangen so ehrlich, so nach *ihr*. Schon immer sprach sie direkt aus dem Herzen, nahm kein Blatt vor den Mund und ließ ihren Gefühlen freien Lauf. Das ist eines der vielen Dinge, die ich an ihr liebe. Liebte. Fuck. Keine Ahnung.

Nachdem sie die Rede beendet hatte, die wirklich jeden berührte, wollte sie wieder zurück an ihren Platz, doch wurde von meinen Eltern aufgehalten. In meinem

Kopf hämmerte es, denn ich wusste nicht, was ich tun sollte. Aufstehen und sie in den Arm nehmen? Vorbeigehen lassen? Ein Bein stellen, damit sie hinfällt? Okay … Letzteres würde ich nicht machen. In der letzten Sekunde entschied ich mich dazu, aufzustehen, und ihr meinen Dank für einfach alles auszusprechen. Immerhin war sie für ihn da, als ich es nicht war. Als sie kurz vor mir zum Stehen kam, wurden tatsächlich meine verdammten Knie weich und mein Mund staubtrocken.

»Milli, ich …«, gerade, als ich meine Sprache gefunden hatte, unterbrach sie mich, indem sie ihre Hand hob. Sie schaute mich nicht an, ihr Kopf senkte sich und sie schloss ihre Augen.

»Nenn mich nicht so!«, sie zischte mir die Worte regelrecht entgegen und setzte einen Schritt zur Seite, um an mir vorbei zu kommen. In dem Moment, als ich ihre Hand nehmen wollte, denn ich konnte sie einfach nicht gehen lassen, sah sie mich mit tränenüberfluteten Augen an und mein Herz setzte für einen Schlag aus …

Ja? Nein? Vielleicht?
Emilia

Frische Luft. Das Einzige, das in meinem Kopf noch einen Sinn ergab, waren diese zwei kleinen Worte. Zum Glück dauerte die Trauerfeier nur noch wenige Minuten und ich konnte endlich die Kapelle verlassen. Ich atmete tief durch, blendete kurz alles um mich herum aus und schüttelte die letzten Minuten von mir ab. Die letzten Minuten, in denen ich in diese unglaublich großen, grünen Augen sah, die mich innerhalb von Sekunden gepackt hatten und mir eine Gänsehaut vom Feinsten beschert hatten. Sein Blick, der mir wie ein Blitz durch den Körper zog. Wie ich zu meinem Platz eilte und mich setzte, den Tränen freien Lauf ließ. Ob er sich noch mal zu mir rumgedreht hatte? Ich konnte es nicht sagen, denn ich konnte nichts mehr sehen, außer seinen sorgenvollen, traurigen Augen und war froh, als ich endlich aufstehen konnte. Nun stand ich hier, mit einer alten Dame im Arm, und versuchte, alles aus meinem Kopf zu atmen.

»Kind, geht es dir nicht gut?«, Gerdi nahm meine Hand und schob sich mit der anderen ihre Brille auf die Nase, schaute mich mit ihren nun vergrößerten Augen an.

»Mach dir keine Sorgen, ich musste nur mal durchatmen.« Sie nickte mir wissend zu und sah in Liams Richtung.

»Das ist er, oder? Der Junge, von dem du schon so oft erzählt hast. Seinetwegen warst du eben am Weinen.«

Vollkommen überrumpelt sah ich sie an und schüttelte wild mit dem Kopf.

»Wegen ihm? Nein … wie kommst du darauf? Ich war einfach nur … ergriffen … von … meiner eigenen Rede!«

»Emmi, ich bin vielleicht alt und fast blind, aber ich bin nicht blöd! Als ihr euch eben angesehen habt, habe selbst ich die Luft anhalten müssen. Das ist die wahre Liebe und das ist auch euch eben bewusst geworden, habe ich recht?«, fassungslos über ihre direkte, ehrliche Antwort, starrte ich sie an und wusste nicht, was ich sagen sollte.

»Jetzt guck nicht so, mein Kind. Du liebst ihn noch immer. Das wusste ich schon, als du mir das erste Mal von ihm erzähltest!«

»Du weißt aber auch, dass er mir mein Herz gebrochen hat. Er wollte ein Leben ohne mich, jetzt hat er es und scheint damit sehr glücklich zu sein …«, bevor ich weitersprechen konnte, kamen meine Eltern auf mich zu und nahmen mich in den Arm. Sagten mir, wie toll meine Ansprache war. Nachdem vor der Kapelle noch etwas geplaudert wurde, fuhren die Frauen aus unserem Dorf zum örtlichen Gemeinschaftshaus, in dem es Kaffee und Kuchen geben sollte. Für mich war es selbstverständlich, dass ich bei solchen Anlässen meine Hilfe anbot. Ich deckte also die großen Tafeln ein, kochte Kaffee und schmierte ein paar Brötchen. Der typische Streuselkuchen wurde von meiner Mutter geschnitten. Als die Trauergäste eintrafen, sah alles feierlich schön aus und die Stimmung hellte sich auf. Elisa bat alle darum, nicht um Helmuts Tod zu trauen, sondern sein Leben zu feiern und so wurde neben Kaffee, auch Bier serviert. Ich ging also zu den verschiedenen Tischen und nahm Getränkebestellungen auf, schenkte Kaffee aus und versuchte durchgehend, meinen Blick nicht zu Liam schweifen zu lassen, denn ich spürte, dass er mich keinen Moment aus den Augen ließ.

»Emmi, willst du dich nicht auch mal setzen und ein Stück Kuchen essen? Du rennst die ganze Zeit nur durch die Gegend!«, meine Mutter stand sorgenvoll vor mir und sah mich mit ihrem eindringlichen, befehlerischen Blick an.

»Ich muss nur noch zu dem Kindertisch, dann setze ich mich.«

»Nein, du setzt dich sofort. Ich übernehme das. Neben Liam ist auch noch ein Platz frei. Ihr habt euch doch so lange nicht gesehen, da gibt es bestimmt viel zu erzählen!«, da meine Mutter keine Ahnung davon hatte, was zwischen uns vorgefallen war, meinte sie es natürlich nur gut. Ich nickte ihr lächelnd zu und ging in die Richtung des Tisches, an dem meine Hamster saßen, und nahm neben Gerdi platz. Nachdem ich mir ein Stück Kuchen genommen hatte, hörte ich den Gesprächen am Tisch zu.

»Ich weiß ja nicht, was die jungen Leute heutzutage immer mit diesen Bemalungen auf der Haut haben. Das sieht doch fürchterlich aus.«

»Und es bleibt auch noch ein Leben lang. Das kann man nicht einfach so wegwischen!«

»Also ich finde ja, es passt zu ihm. Er macht doch diese Rockmusik, da gehört das wohl mit dazu!«

»Quatsch, so etwas gehört sich gar nicht! Er trägt ein Hemd und überall kommen diese schwarzen Zeichnungen hervor, das sollte verboten werden!«, natürlich mussten sie sich über *ihn* unterhalten, über *seine* Tattoos und *seine* Lebensweise. Nicht sehr höflich, dafür aber bitter nötig, äffte ich das Gerede nach und stopfte mir ein großes Stück Streuselkuchen in den Mund, als ich ein tiefes, melodisches Lachen vernahm. Ich sah in seine Richtung und stellte fest, dass sich Liam über meine Geste kaputtlachte. Auch ich prustete in diesem Moment los, denn einerseits war mir die Situation peinlich, andererseits war sein Lachen und dieser unbeschwerte Moment zwischen uns einfach ansteckend. Wir sahen uns weiterhin in die Augen, auch, als das Lachen langsam abnahm. Unsere Mienen wurden immer ernster und irgendwann sahen wir uns nur noch an. Traurig, sorgenvoll und hoffnungslos. Hoffnungslos verloren. Die Tränen brannten in meinen Augen und ich war froh, als sich drei Mädchen in unser Blickfeld schoben, die scheinbar ein Foto mit ihm wollten. Wissend tätschelte Gerdi meinen Rücken. Ich hatte oft das Gefühl, das diese Frau meine Gedanken lesen konnte. Nach einem kurzen Lächeln, das mir Gerdi schenkte, stand ich auf und brachte mein Gedeck in die Küche.

»Du solltest doch mal Pause machen! Und gegessen hast du auch kaum etwas! Was ist denn los mit dir?«

»Nichts ist los, Mama. Ich habe nur einfach keinen Hunger!«, ich verstaute alles in der Spülmaschine und ging hinter die Theke, um mich mit etwas Arbeit abzulenken.

Als ich gedankenverloren anfing, die gespülten Gläser abzutrocknen, schweifte mein Blick durch den Raum und blieb bei mehreren schwärmenden Mädels hängen, die zum Kindertisch schauten. Sie kicherten und wetteiferten grade darum, wen Liam verliebter angesehen hatte. Ich ließ meinen Blick dem ihren Folgen und sah zum Kindertisch. Liam saß dort mit mehreren kleinen Kindern und schrieb etwas auf, erklärte meinem kleinen Nachbarsjungen Tobi etwas. Der nickte daraufhin, steckte sich den Zettel ein und kam auf mich zu. Er setzte sich auf einen Barhocker, was ziemlich kompliziert war, denn dieser war genauso groß wie Tobi selbst. Als er endlich saß, sah er zu mir und winkte mich zu ihm rüber.

»Na, kleiner Mann. Möchtest du etwas trinken?«, er grinste mich mit seiner riesigen Zahnlücke an und schüttelte den Kopf, griff in seine Hosentasche und gab mir einen abgerissenen, gefalteten Zettel.

»Für dich. Du musst was drauf schreiben, sonst bekomme ich meine fünf Euro nicht!«, ich staunte nicht schlecht und faltete den Zettel auf.

Heute Abend, 21:00 Uhr, an unserem Felsen?
[ ] *Ja*
[ ] *Nein*
[ ] *Vielleicht*

Er hatte es schon wieder getan. Früher gab es für uns kaum einen anderen Kommunikationsweg, als diese Briefchen. Wir hatten auch zwischenzeitlich mal ein Dosentelefon, das aber dank Liams Vater schnell durch Walkie-Talkies ersetzt wurde. Ich musste etwas schmunzeln, als ich an die Zeit zurückdachte. Ständig schrieb er mir diese Briefchen mit allen möglichen Fragen.

Willst du heute ein Eis essen gehen?

Sollen wir uns heute am Felsen treffen?

Sollen wir heute Fahrrad fahren?

Willst du bei mir übernachten?

Ja, irgendwann kam sogar die Frage, ob ich mit ihm gehen möchte.

Immer gab er mir drei Antwortmöglichkeiten vor, die ich aber meistens mit ‚ja' beantwortete, denn ich verbrachte meine Zeit genauso gerne mit ihm, wie er seine mit mir. Ob es jetzt immer noch so war? Ich wusste es nicht, aber ich wollte es rausfinden, also kreuzte ich die einzig richtige Antwort an und gab Tobi den gefalteten Zettel zurück …